B
P9328e
2005

W9-CHY-285

CONELY BRANCH LIBRARY
4600 MARTIN
DETROIT, MI 48210
(313) 224-6461

PLEASE DETROIT PUBLIC LIBRARY

AUG 2011

UNA ETAPA DIFÍCIL

UNA ETAPA DIFÍCIL
Mi lucha contra el cáncer

Mayte Prida

Este libro no podrá ser reproducido, ni total ni parcialmente, sin el
previo permiso escrito del editor. Todos los derechos reservados.

Fotografías: Caroline Appel

© Mayte Prida, 2002
www.mayteprida.com

© Planeta Publishing Corp., 2005
2057 NW 87 Ave.
Miami, FL 33172 (EE. UU.)

Primera edición: April de 2005

ISBN 1-933169-02-8

Impresión y encuadernación: Quebecor World Bogotá S.A.
Impreso en Colombia - Printed in Colombia

AUG - 2011

CONELY BRANCH

A mis hijos, Tommy e Izzy, ya que gracias a su cariño, apoyo, fuerza y valentía he podido afrontar esta etapa.

A mis padres y hermanos, que me demostraron su amor.

A Papá Grande, por ser la inspiración de fortaleza en mi vida.

A mi abuelita, que tanto se preocupó.

A Mi Majito Lindo, a Sandra y a Juan.

ÍNDICE

AGRADECIMIENTOS

El vivir una etapa difícil te hace apreciar la vida y la compañía de quienes te rodean de una manera muy especial. Quiero agradecer a todos los que compartieron conmigo parte o todo este proceso, y muy especialmente a quienes ayudaron, apoyaron y animaron a mis hijos. Afortunadamente mi lista es larga pero quiero mencionar a aquellos seres especiales que con sus detalles y su gran fortaleza estuvieron a mi lado compartiendo lo más valioso que poseemos que es nuestro tiempo. Lo haré en orden alfabético porque todos ocupan un lugar muy especial en mi corazón.

Adela por su protección.

Aída por ser una inspiración para mí.

Aleksa por iniciar tu vida a mi lado.

Andrew por estar ahí siempre.

Antonio por ser mi alma paralela.

Benno por las revistas.

Boni por acompañarme en el camino.

Carlos por creer en nuestra misión.

Caroline por tu amistad.

Cristina por tu amor y tus oraciones.

Cristo por tu correo electrónico.

Doña Enriqueta por darme valor.

Doctor D. por enseñarme lo que es la bondad.

Eduar por abrirte conmigo.

Federico por enseñarme lo real.

Felicia por tu ayuda.

Frankie por tus masajes y tu amistad.

Gigi por darme tantos ánimos.

Greg por protegernos y cuidarnos a los tres.

Isabel por tus paellas y tus largas charlas.

Jackie por tu apoyo.

James por estar ahí.

Juan por tu compañía.

Juan Pablo por tus sesiones de Reiki.

Lilia por tu energía positiva.

Manolo por enseñarme que se puede volver a vivir.

María por animar a mi Tommy.

Mariló por tu cariño y tu apoyo.

Mario por defender mis intereses durante este tiempo.

Marquito por tus llamadas constantes.

Mieke por ser como mi hermana a través de los años.

Mónika por mantenerme ocupada en el Internet.

Monique por tus oraciones y tu entusiasmo.

Pastor Santana y Graciela por preocuparse por el bienestar de mis hijos.

Phil por enseñarme que la fe y la medicina pueden ir de la mano.

Raouf por estar siempre a mi lado.

Raúl por motivar a mis hijos.

Rey por tu apoyo incondicional.

Richard por tus visitas y tus consejos.

Rocío por tus llamadas constantes.

Sandra por compartirlo juntas.

Tere por tu apoyo y tu cariño sincero.

Tito por guiar mi camino.

Tío Chacho por las colegiaturas de mis hijos.

PRÓLOGO

Esta hermosa vida está formada por una cadena de instantes, que son creados por nuestras vivencias y la historia de nuestras vidas va quedando escrita en el trayecto.

Cada historia se va escribiendo por etapas diferentes de la vida, etapas felices, etapas tranquilas, etapas tristes y difíciles, pero todas son etapas importantes de aprendizaje por medio del cual evoluciona el alma.

Dios, que es muy sabio, me dio la oportunidad de vivir instantes muy intensos al lado de un ser muy especial, una mujer valiente y muy completa, que me enseñó y fue mi maestra de cómo enfrentar una enfermedad muy dolorosa y que por desgracia le da fuerza al gran tirano que es el miedo, pues el cáncer principalmente es miedo y rencores comprimidos en cápsulas tristes.

Mayte, la autora de este libro, es esa maestra que superó esta etapa difícil en su hermosa y exitosa vida, con la fuerza del amor, la voluntad, la ilusión por la vida y la dignidad.

Aprendí al lado de esta gran mujer que el amor a la vida y la responsabilidad de cuidar a dos almas logra convertir a un ser como ella en hacedor de sus propios milagros. Voy a poner a mi corazón a que les cuente esta enriquecedora vivencia.

Era una tarde de domingo en Miami, había sido invitada a una comida en la casa de nuestra amiga Aída. Llegué temprano y en la sala del departamento me encontré con la mirada dulce y un poco cansada de una joven y linda mujer que me presentaron como Mayte. En seguida comenzamos a platicar, pues las dos somos mexicanas, y así fue como iniciamos la conversación y surgió una sensación de amistad muy especial.

Me contó que acababa de abandonar el hospital de una operación muy delicada y que esta era su primera salida. Al preguntarle de qué se había operado, me contestó que de un tumor canceroso. No supe qué decir, simplemente le apreté la mano y sentí que ese encuentro traía consigo un aprendizaje para mí y en ese preciso instante decidí que tenía que darle apoyo, sobre todo acompañándola.

La madre Teresa de Calcuta siempre me decía: "La ayuda y el apoyo más importante para otro ser es regalar y compartir un poco de nuestro tiempo, ya que lo que más trabajo nos cuesta a los seres humanos es compartir tiempo".

Con Mayte quise compartir instantes conscientes de mi tiempo.

Estuve con ella en casi todas sus quimioterapias, viví al lado de ella "una etapa difícil", sus pruebas de voluntad y aceptación de su realidad, y cada día que pasaba la admiraba más, pues no se dejaba vencer y tomaba su experiencia desagradable y dolorosa como una lección que le hacía enfrentar la vida como un gran reto de superación.

En medio de su vivencia, ella no se quejaba, observaba, aceptaba y aprendía, porque su anhelo más grande era salvarse para no fallarles a sus hijos y a ella misma.

Me enternecía ver su actitud positiva al querer dejar su testimonio de dolor y valentía a otros seres que padecían cáncer. Ella quería poder ayudarlos en su vía crucis, al ir dando tumbos callados con su cruz a cuestas sin sentirse víctima.

En las "quimios" nos poníamos a meditar para que su cuerpo recibiera la curación desde la mente, moviendo la fe en Dios y en el bien, aceptando, perdonándose y perdonando, amando y anhelando vida, siempre acariciando el alma.

Un día se puso muy grave por el efecto tan fuerte de las "quimios". Estaba yo sola esperando a que la subieran al cuarto del hospital cuando llegó y la vi, sentí una gran tristeza, venía pálida, asustada y helada, tenía mucho dolor pues su cuerpo no estaba respondiendo, pero ella así y todo estaba muy consciente, pues el dolor despierta la conciencia y la conciencia, entonces, es lúcida y receptiva.

Nos abrazamos, ella estaba en la camilla y lloramos en silencio; fue un encuentro silencioso de nuestras almas profundo y antiguo. Cuando la pasaron a la cama, antes de que la enfermera le pusiera el calmante, me pidió que meditáramos y oráramos, y con una sonrisa de niña me dijo que invocáramos a los ángeles y así lo hicimos.

Mayte empezó a entrar en una paz impresionante, se percibía una profunda sensación de amor flotando en el cuarto, salían palabras de mi boca dando gracias a Dios por todo, Mayte agradecía y aceptaba la "voluntad de Dios", estábamos permitiendo que nos moviera el tiempo de Dios y sucedió un humilde milagro, el cuerpo de Mayte comenzó a responder, la oclusión intestinal cedió, nada de lo que le habían hecho en terapia intensiva había dado resultado; cuando Mayte se armonizó en Dios, su cuerpo lo percibió y respondió.

Y así fueron pasando las "quimios" y con ellas se fue purificando el sentimiento de Mayte, por medio del sufrimiento, ya no tenía pelo, pero, créanme, cada día se veía más bonita y luchaba con más ahínco y voluntad para vencer el cáncer.

Para mí, entre tantas cosas que aprendí, pude constatar que los instantes en la vida jamás se estacionan, que todo cambia constantemente, que no existe el para siempre, que la vida fluye, que debemos aprender a dejar ir, porque la lección más grande que venimos a aprender al planeta Tierra es el "arte del desapego", porque absolutamente todos, algún día, partimos sin llevarnos nada, nos vamos solos como almas, para ir a reunirnos en el espíritu de Dios.

Gracias, Mayte, por todo lo que me enseñaste. Crecí por medio de tu dolor y tus etapas de evolución, crecí como mujer, como madre, como amiga y como escritora.

¡Gracias por tu ejemplo!

Que Dios te bendiga.

LILIA REYES SPÍNDOLA

INTRODUCCIÓN

Es difícil de explicar cómo la palabra cáncer puede cambiar la vida de una manera tan radical. Antes de saber que podría morir, porque el cáncer crecía dentro de mi cuerpo, vivía una vida feliz, plena y muy ocupada. Llevaba apenas dos años residiendo en Miami durante los cuales había crecido mucho emocional y espiritualmente. De alguna manera la mujer que había llegado con dos niños pequeños a esa ciudad había florecido y comenzaba a salir de su capullo para conocer un mundo nuevo, una nueva realidad. Mi realidad de ese entonces era de trabajo, de conquistas, de grandes perspectivas, de nuevos horizontes, de murallas derribadas, de obstáculos vencidos y de una constante búsqueda para lograr nuevas metas con las cuales mi identidad de mujer se fortalecía cada vez más. En mi realidad de esa época, las palabras tenían un significado diferente al que tienen ahora, los obstáculos no me asustaban, el miedo lo desconocía y la determinación era parte integral de mi vida cotidiana. De cierto modo fue durante esa época, y ya a mis treinta y tantos años, que empezaba finalmente a dejar de ser niña y comenzaba a ser una mujer plena y realizada.

Cuando mi realidad cambió repentinamente, y entendí y acepté que tenía cáncer, comprendí que a partir de ese momento empezaba a vivir una vida diferente. Antes del cáncer vivía luchando por formar un patrimonio estable para mis hijos; después del cáncer comencé a luchar simplemente para vivir con mis hijos. Mis prioridades antes de saber que tenía cáncer dejaron de estar arriba de mi lista y a partir de ese día mi vida entera cambió por completo.

Una de las primeras cosas que hice al darme cuenta de que padecía esta enfermedad fue buscar información. Conseguí libros y panfletos que hablaban acerca de ella; bajé páginas y páginas del Internet que documentaban cientos de casos similares al mío; acudí a varias librerías en búsqueda de una respuesta, de una esperanza, de más información. Cáncer era una palabra que, aunque la había escuchado toda mi vida, siempre la había sentido lejana a mí y ajena a mi familia.

No me fue difícil encontrar información sobre el cáncer de seno ya que, siendo el cáncer el mayor índice de mortalidad entre las mujeres en este país, hay mucha información al respecto. Lo que me fue difícil fue aprender a diseminar las grandes cantidades de información que obtuve ya que mientras más información científica detallada leía y mientras más estadísticas encontraba, más me asustaba mi situación. Leer los promedios de vida, el número de muertes, el índice de recuperación y el número de reincidencias era aterrador. No me quería convertir en un simple número más. Estaba muy confundida y no sabía cómo comenzar a afrontar mi nueva realidad.

Así fue como un día, perdida en medio de un mar de información, comencé a sentir que debía encontrarle un propósito a mi situación. Pensé entonces que quizá mi experiencia particular podría servir de guía, de inspiración, de esperanza o de consuelo a alguna otra persona que afrontara un problema similar en su vida.

No me gusta hacer el papel de víctima, nunca lo he hecho y no voy a empezar ahora, pero mi situación al momento de detectar el cáncer era sumamente difícil. Si fuera yo a escribir un anuncio clasificado para algún diario lo describiría así: mujer divorciada, madre de familia de quien dependen económicamente dos pequeños, sin trabajo estable ni salario fijo, viviendo de sus ahorros, con una deuda muy grande, en pleito de corte con el ex marido, radicado en un país ajeno, en una ciudad sin familiares y sin seguro médico, en una sociedad en la que los doctores ganan más que los educadores o los políticos. Eso sí, mujer soñadora, idealista, optimista y luchadora.

Soy de las personas que predican que en la vida no deben existir las comparaciones puesto que pienso que todos somos diferentes y debemos aceptarnos tal y como somos. Las realidades de cada quien son individuales y muy distintas pues se ven influenciadas por las creencias y las vivencias de cada uno de nosotros. Sé que hay mujeres que padecen cáncer de seno como yo y que están en situaciones mucho más difíciles que la mía y que han salido adelante, pero también sé que hay quienes tienen mejores prognosis que la que yo tuve y por alguna razón no salen adelante.

En este libro escribo de mi caso particular, de mi situación personal y de la manera en que se me fueron presentando obstáculos y bendiciones en mi camino. Hablo de mi vida y de la forma como me tocó afrontar esta situación. Mi actitud fue firme desde que asimilé mi nueva realidad: diagnosticado el problema había que buscarle solución.

Desde cuando era niña he escrito diarios los cuales me gusta leer de vez en cuando para darme cuenta de cómo ha evolucionado mi vida, así que para mí fue fácil el documentar lo que me iba sucediendo a partir de mi diagnóstico inicial. Al mismo tiempo, y aprovechando el equipo técnico de mi oficina, grabé en video paso a paso mi nueva realidad, principalmente durante los días más relevantes. Conjuntamente le regalé a cada uno de mis hijos un cuaderno al que pusimos en la portada "Mi libro de cáncer" y en el que les pedí me escribieran sus sentimientos y sus emociones cuando pudieran hacerlo. Aunque inicialmente yo lo hice como una forma de terapia para ellos, ahora incluyo algunos de sus escritos en mi libro porque lo que mis hijos sintieron y vivieron durante esa etapa difícil, lo sienten y lo viven miles de niños alrededor del mundo cada día del año.

Al ser diagnosticado mi problema no se sabía exactamente qué final tendría. Aún el final de este capítulo de mi vida no se sabe porque el cáncer es una enfermedad muy traicionera de la cual los resultados se miden en estadísticas. Yo no me conformo con eso. Yo quiero contribuir de alguna manera a difundir el entendimiento de lo difícil que puede ser la vida de quienes padecemos este mal, de nuestras familias y de los seres que nos quieren y nos acompañan durante este problema, mientras demuestro cómo, a pesar de lo oscuro de la situación, siempre hay un rayo de esperanza y de luz a lo largo del camino.

Con esta enfermedad he aprendido mucho. He conocido facetas de la vida que desconocía hasta estos momentos. He entendido lo que es la fe, la amistad, el amor desinteresado, la compasión, la ayuda, el apoyo, la esperanza. He conocido los buenos sentimientos de la gente y he descubierto que el amor realmente mueve el mundo. Me he llevado gratas sorpresas y alegrías, y aunque me decepcioné de algunos seres egoístas prefiero ver lo bueno y no lo malo dentro de cualquier situación y aprendí mucho incluso de ellos.

A lo largo de mi vida he tenido la oportunidad de ser líder, y a los líderes, por pequeños que sean, se les sigue. Mi situación personal en el momento de detectar el cáncer era extremadamente difícil en muchos aspectos pero con la ayuda de Dios Padre y Madre, el ser Supremo, el universo, los ángeles de la guarda, los protectores y guías espirituales, mi familia espiritual y mi familia carnal, mis amigos y la bondad y generosidad de tantas personas, incluso de desconocidos, he logrado salir adelante.

Es por eso que, como testimonio de este, el año más difícil de mi vida, quiero por medio de este libro expresar de una manera escrita las vivencias que he tenido como agradecimiento al universo por haberme dado la oportunidad de encontrar tanto amor, tanta bondad, tanta compasión y tanta generosidad alrededor mío. Si bien, ésta fue realmente una etapa difícil, fue también la etapa que más bendiciones, oportunidades de crecimiento y satisfacciones personales me ha brindado. Fue un año por el que estoy eternamente agradecida a la vida.

El cáncer no discrimina, es una enfermedad mala y traicionera. No juega limpio. Se esconde en lo más profundo de nuestros cuerpos y por meses enteros crece y nos contamina sin nosotros siquiera saberlo. Es cobarde. No da la cara. Es mala y un día, si no nos percatamos a tiempo de su existencia, simplemente nos roba la vida.

Soy mujer, soy madre, soy amiga, y comparto con ustedes este relato para sembrar un rayo de esperanza en medio de la oscuridad, el aislamiento, la duda, el miedo y el desconcierto que acarrea el cáncer. Si por medio de este libro logro inspirar o motivar una vida, me sentiré satisfecha de haberle devuelto al universo algo de lo que me ha enseñado durante una etapa difícil.

DESCUBRIENDO EL TUMOR

Eran las seis de la mañana del segundo domingo de febrero cuando salía de la ducha y me di cuenta de que mi toalla no se encontraba colgada en el sitio en el que estaba todos los días. Escurriendo de agua en una postura poco usual hice un movimiento para alcanzar la toalla de otro ganchero. Fue así como de reojo alcancé a ver mis senos reflejados en el espejo del baño y me percaté de algo que parecía una bolita en la parte inferior del seno derecho. Esperando que fuera simplemente una sombra, bajé mis brazos, me sequé el agua y me volví a observar. No vi nada. Levanté el brazo nuevamente, de la manera en que lo había hecho al tratar de alcanzar la toalla, y ahí estaba nuevamente la bolita. "¡No, por favor!", dije para mis adentros y de nuevo me miré en el espejo con el brazo en esa posición y me toqué. Sentí un bulto duro, me acerqué al espejo y lo vi con claridad, parecía como una canica dentro de mi piel. Me asusté. Consternada salí del baño y me senté a la orilla de la cama pensando qué debía de hacer. ¿A qué doctor debo llamar?, me pregunté. En ese momento me di cuenta de que era domingo, de que estaba a punto de irme a terminar de grabar segmentos de nuestros tres programas piloto de la temporada y que no podía hacer nada más que esperar a que fuera lunes. Tratando de no darle tanta importancia comencé a vestirme y salí de mi casa.

De camino a la locación tocaba el seno cada vez que estaba parada en algún semáforo queriendo comprobar si realmente había algo. Sabía que ahí estaba pero tenía tanto miedo que quería pensar que me lo había imaginado.

Al llegar a la locación busqué a Antonio, mi gran amigo y compañero de trabajo, para contarle lo que había descubierto y decirle que estaba aterrada. Él se mostró un poco incrédulo y trató de aminorar el problema diciéndome que seguramente era un quiste sin importancia, pero enfatizó que debía llamar al médico al día siguiente.

Por primera vez en años las horas de grabación se me hicieron eternas. Además de la ansiedad que estaba empezando a ocasionarme el descubrimiento de "la bolita", el ambiente de trabajo estaba particularmente tenso ese día.

El lunes a primera hora llamé a la oficina de mi ginecólogo tratando de sacar una cita pero, como suele suceder, no me atendieron la llamada y me conformé con dejar recado en el contestador y me fui a la oficina. Tres horas más tarde aún no se comunicaban conmigo ni el doctor ni la enfermera, y volví a llamar una vez más sin éxito. Dos horas después, enojada y hecha un manojo de nervios, llamé de nuevo, prácticamente exigiéndole a la secretaria que me dejara hablar con el doctor o me sentaría en su sala de espera hasta que me atendiera. Solamente así fue como me dio una cita "entre paciente y paciente" para verlo al día siguiente.

Llegué al consultorio y me quedé hora y media en la sala de espera hasta que me recibió. A él lo había conocido cuando recién me mudé a Miami, porque venía con antecedentes precancerosos en el útero por lo que me hacía un cuidadoso chequeo cada seis meses. Una vez me revisó y sintió la bolita me dijo que no lucía bien, que definitivamente había que investigar lo que era y me mandó sacar un mamograma y un ultrasonido. Yo estaba preocupada sobre todo porque me advirtió que debía esperar por lo menos cinco días puesto que ese día empezaba a menstruar y, según me dijo, eso podría provocar una lectura falsa.

Me marché a mi casa un tanto frustrada pero en realidad no angustiada porque el doctor se había mostrado tranquilo conmigo. Al llegar a casa llamé a Antonio y le conté lo que me había dicho el doctor y me sugirió que llamáramos a Tito, su cuñado, que es médico patólogo aquí en Miami, y le comentáramos lo que me estaba sucediendo para ver qué opinaba al respecto. Yo dudé un poco en hacerlo puesto que, aunque socialmente lo había tratado en dos o tres ocasiones, no me sentía con la confianza suficiente para llamarlo. Antonio lo llamó por mí y ahí comenzó una de las bendiciones más grandes de todo este proceso.

A la semana siguiente, al tratar de conseguir la cita para los exámenes, me dijeron en el hospital que la primera cita disponible era tres semanas más tarde. Yo me mostré incrédula y un tanto molesta por tener que esperar tanto tiempo, así que decidí llamar a Tito y pedirle el gran favor de que me consiguiera una cita más pronto en el hospital donde él trabaja. Gracias a su ayuda, una semana después acudí a la clínica a hacerme los estudios que había ordenado el ginecólogo. Era lunes festivo y mi amigo y compañero de trabajo, Juan, se había ofrecido a llevarme para que no fuera sola.

Me sacaron el mamograma y me llevaron a un cuarto en donde una enfermera especializada comenzó a hacerme el ultrasonido. Yo le hice unas cuantas preguntas pero ella se mostró cortante conmigo. Al parecer, por cuestiones legales, no dejan que los técnicos se comuniquen con los pacientes. Entendí que la muchacha no tenía ganas de conversar y por su tono de voz supuse que no quería darme alguna información que la fuera a comprometer. De repente salió del cuarto y regresó con la doctora a la que Tito me había enviado para el examen. Ambas me volvieron a examinar el seno derecho y la doctora se limitó a decirme que en ese mismo momento les mandaría los resultados tanto a mi ginecólogo como a Tito, y que ellos serían los encargados de darme el diagnóstico final. Antes de salir del cuarto me dijo que no lucía bien, que había un tumor ahí dentro y que debería empezar a buscar un médico especializado para removerlo. Me preguntó si conocía a algún "cirujano oncólogo".

Quise hacerme la valiente ante ella pero sentí que mi mundo se derrumbaba. ¿Cirujano oncólogo?, me repetí.

Volví al vestidor y me puse nuevamente mi ropa. Quería llorar pero me aguanté porque tenía que pasar por la caja a pagar y no quería que las demás personas se dieran cuenta de mis nervios. Afuera, en la sala de espera, estaba Juan, quien al verme supo que algo estaba mal. Pertinentemente esperó a que nos subiéramos al coche para preguntarme qué me habían dicho pero yo no podía hablar, simplemente empecé a llorar. Lloraba y entre sollozos le decía que me había parecido que era cáncer porque la doctora me había preguntado si yo conocía a algún cirujano oncólogo. Lloraba y me preguntaba en voz alta: "¿Qué va a ser de mis hijos?, si es que tengo cáncer, ¿qué va a ser de ellos?". Aunque no me quería adelantar al resultado oficial, yo sabía, por el modo de actuar de la doctora y de la enfermera y por su recomendación acerca del especialista, que aunque no me lo había dicho oficialmente era inminente que tenía cáncer. Lo sabía.

Esa misma tarde me llamó mi ginecólogo para decirme que efectivamente "la bolita" era un tumor maligno y me dio los nombres de dos médicos oncólogos para que los consultara. Se mostró apenado por mi situación y me dijo que, aunque por el momento su participación conmigo hasta ahí llegaba, quería que lo mantuviera informado del proceso.

Llamé a la oficina del oncólogo que me habían recomendado y me dieron la primera cita para finales de marzo. Según me dijo la secretaria, el doctor estaba muy ocupado y no tenía ninguna fecha disponible antes de ese día. "¿Finales de marzo? —dije yo— ¡estamos a mediados de febrero! ¡Tengo un tumor dentro, no sé exactamente lo que es, aunque me han dicho que es malo y usted me pide que espere seis semanas para ver al doctor!". Frustrada, enojada y nerviosa, colgué el teléfono y simplemente me puse a llorar.

Después de unos minutos tomé aliento y llamé nuevamente a Tito para pedirle ayuda y consejo. Casualmente él era muy amigo de este doctor y me tranquilizó diciendo que él se encargaría de sacarme una cita sin tener que esperar tanto tiempo. Así lo hizo. Cuatro días más tarde me reuní por primera vez con el doctor D., mi cirujano oncólogo, y otro de mis ángeles del camino.

EL DIAGNÓSTICO

El primer día que mi mami tenía cáncer me sentí muy, muy, muy mal.
Tenía mucho miedo y estaba muy asustado porque pensé que se iba
a morir. Quería creer que se iba a poner bien pero estaba muy, pero
muy, asustado. Cuando ella empezó a ir a los doctores y al hospital mi
hermanita Izzy lloraba mucho. Ella también tenía mucho miedo pero yo le
decía que no llorara más porque mi mami se iba a aliviar. Me preocupaba
mucho verla tan triste.

Tommy

Después de esperar angustiosamente cuatro días más, por
fin había llegado el día de conocer al reconocido cirujano
oncólogo doctor D... Era viernes por la tarde y Antonio
se había ofrecido a acompañarme a la consulta y acepté
porque yo no quería ir sola pues tenía mucho miedo a la
confirmación de la mala noticia.

Además del miedo a la enfermedad, tenía la preocupación de lo que económicamente representaría el tener cáncer
sin estar asegurada. Como yo no sabía lo que sucedería
en la consulta, ni el tiempo que me tomaría estar allá, ni
si me harían ahí mismo una biopsia o no, le pedí a Tom,
mi ex marido y padre de mis hijos, que los recogiera de la
escuela y se hiciera cargo de ellos durante ese fin de semana.
Suponía que si me hacían la biopsia no me iba a sentir muy
bien físicamente como para llegar a la casa a organizar las
tareas cotidianas y, además, tenía la sensación de que iba a

necesitar estar sola y reflexionar acerca de lo que me estaba sucediendo.

Después de llenar los papeles de rutina, nos sentamos un rato en la sala de espera y me entretuve observando a las mujeres que se encontraban sentadas a mi alrededor. Había por lo menos ocho señoras, todas visiblemente mayores que yo pero ninguna hablaba. Estaban inmersas en sus pensamientos o leyendo alguna revista y me dio la impresión de que todas estábamos esperando una dura sentencia. Estando ahí sentada, me di cuenta de por qué me habían dicho inicialmente que tendría que esperar varias semanas antes de poder tener una consulta con el doctor, pues constantemente a la sala de espera entraban y salían señoras durante todo el tiempo que estuvimos ahí esperando mi turno. Me sentí muy agradecida con Tito por haberme ayudado a que el doctor me recibiera tan rápido, pues sabía que había hecho una concesión especial para recibirme al final de la semana por ser conocida de él.

Luego de poco más de una hora esperando, me llamó la asistente del doctor y me pasó a un cuarto en donde me quedé sola por aproximadamente diez minutos. Podía escuchar la voz del doctor proveniente del cuarto de al lado. Estaba esperándolo nerviosa cuando tocó la puerta y entró a verme. Físicamente era muy diferente a como me lo había imaginado y al hablar tenía un acento extranjero un tanto marcado, después me enteré de que era armenio. Se presentó conmigo y me hizo sentir bienvenida al decirme que tenía muchas ganas de conocerme porque Tito le había hablado muy bien de mí. Traté de ocultar mis nervios pero se dio cuenta de mi estado y sin más preámbulo me pidió las radiografías y el ultrasonido. Encendió la luz para revisarlas, sacó una cinta de medir que puso encima de ellas, las observó detenidamente y con voz tranquila y serena me informó que me iba a hacer una biopsia ahí mismo, en su consultorio. Me explicó que la biopsia era simplemente un proceso rutinario ya que él llevaba más de 20 años practicando su especialidad y por las radiografías sabía que efectivamente tenía cáncer del seno.

Por un momento no supe qué hacer. La confirmación de la noticia me cayó de golpe y sentí mi nariz poniéndose roja y mis ojos tratando de contener las lágrimas. Se salió del cuarto un momento, para que yo me quitara la ropa y me pusiera la bata de hospital y regresó con la enfermera para hacerme la biopsia.

Me hizo lo que en términos médicos es una biopsia de aspiración con aguja delgada, por lo cual me metió la aguja dentro del tumor para extraer el líquido de adentro. Para este procedimiento no utilizó ningún analgésico y la verdad es que me dolió el piquete en la parte inferior de mi seno. Una vez extraído el líquido, lo puso en unas piezas de cristal y le dijo a su secretaria que llamara a un mensajero para que llevara la muestra al hospital en ese mismo momento ya que Tito la estaba esperando para analizarla.

Mientras escuchaba todo esto, yo seguía recostada en la camilla, me sentía sumamente asustada y pensé que iba a desmayarme. El doctor se dio cuenta y me trajo un vaso de agua para que la bebiera. Me dio unos minutos para que me vistiera nuevamente, regresó al cuarto y se sentó frente a mí.

"Hay un proverbio chino que dice: la jornada más larga comienza con el primer paso. Tú estás dando hoy el primer paso de lo que será una larga jornada —me dijo—. El tumor es grande, tiene un diámetro de aproximadamente 3,8 centímetros, lo cual nos indica que el cáncer está un poco avanzado. No sabemos con exactitud si es nivel dos o tres, si se encuentra únicamente dentro del seno o si ya hizo metástasis, ya que existe la posibilidad de que se haya pasado a los ganglios linfáticos o a algún otro sitio, lo cual complicaría la situación. No me quiero adelantar a los hechos, pero quiero que sepas que es una situación de cuidado, la cual vamos a manejar de la mejor manera posible. Esperaremos los resultados de patología pero en principio te digo que debemos operarte primeramente para extraer el tumor y analizar hacia dónde se ha expandido. No hay una razón particular por la cual yo piense que tú estés padeciendo esto pero tienes que afrontarlo".

Yo no pude contener más mis lágrimas, las cuales caían por mis mejillas a pesar de tener mis lentes puestos. En ese momento bloqueé temporalmente mi mente y comencé a tratar de entender mi nueva realidad, esa dura realidad que empezaba oficialmente en ese momento y que cambiaría radicalmente mi vida. Lo que durante los últimos diez días había presentado era ya una dura realidad: padecía cáncer de seno.

Me considero una mujer valiente y de carácter fuerte. He tenido miedo muchas veces en mi vida, pero nunca un miedo tan aterrador como el que sentí en ese momento y durante varios meses. A partir de ese día conocí un significado nuevo de la palabra miedo y no me quedó más remedio que aprender a vivir con él. Es un miedo ante lo incontrolable, un miedo ante lo insospechado, un miedo difícil de explicar.

Por mi mente pasaron escenas de mi vida como si estuviera viendo una película en alta velocidad y me invadió cierta incredulidad. Tan solo un mes antes había recibido el año nuevo en la Ermita de la Virgen del Rocío en España y había disfrutado de unas maravillosas vacaciones junto a mis amigos. Profesionalmente hablando, en esos momentos estábamos empezando a preparar lo que creíamos sería un año de mucho trabajo y muchos éxitos laborales.

Ahora me decía el doctor que tenía cáncer. ¿Cáncer yo?, me preguntaba mentalmente una y mil veces. ¡No puede ser! No es posible, pensaba, todo debe ser un error.

El doctor se dio cuenta de mi confusión, de mi susto, de mis lágrimas y me pasó un pañuelo para que me las secara. Sentí su mirada compasiva viéndome y le pedí, le supliqué, que me ayudara. Le dije lo asustada y confundida que me encontraba y le conté acerca de mis dos hijos. Estaba llena de dudas y, a pesar de que quería saber más acerca de lo que me esperaba, mi mente estaba como en otra realidad.

El doctor me dijo que me daría un momento a solas para que digiriera la noticia y salió del cuarto. Ahí, sola, traté de entender cómo era posible que me estuviera sucediendo esto a mí, si soy una persona relativamente joven; hasta donde yo sabía, era una mujer sana y feliz y disfrutaba plenamente de la vida. Trataba de comprender cómo o cuándo me empezó a crecer el tumor y me preguntaba: ¿Cómo era posible que no lo hubiera detectado antes? En esos momentos nada tenía sentido. Pensaba en mis hijos y me preocupaba cómo reaccionarían cuando supieran la mala noticia. ¿Cáncer yo?, me repetía una y mil veces, ¡cáncer! Cómo puede ser que me pase esto a mí, si soy una buena mujer y vivo ocupada tratando de sacar adelante a mis hijos. ¡Cáncer!, si soy una madre sola que no se puede ni dar el lujo de resfriarse o de padecer un dolor de espalda sin que se altere nuestra vida cotidiana. ¿Cómo puedo tener yo ahora una enfermedad tan fuerte, tan larga y quizá incurable?

¿Cáncer?, ¡cáncer! ¡No puede ser! No cabe en mi cabeza esa palabra, no la quiero oír, no la quiero escuchar. Por favor, Dios mío, pensaba yo, te pido que no sea cierto, que no sea verdad, que no sea yo.

Cuentas, trabajo, falta de seguro médico, renta, gastos del hogar, niñera, hospital, doctores, ¿cómo lo voy a hacer? ¡No puede ser!, y mi angustia y mi incredulidad daban paso al enojo y al miedo y así pasó un rato hasta que regresó el doctor a verme de nuevo.

Traté de disimular mi enojo y mi frustración, pero él tiene mucha experiencia y habló nuevamente conmigo. Me sugirió aceptar la realidad y buscar una segunda opinión, para que yo me quedara tranquila si me ponía en sus manos.

Nuevamente noté su mirada compasiva y, aunque parezca extraño, me invadió una sensación de protección al estar al lado de ese señor, a pesar de que era el primer día de haberlo conocido. Viéndolo retrospectivamente creo que sentí de alguna manera una conexión espiritual con él. Su pelo blanco canoso me inspiraba confianza y dentro de lo caótico de la situación al poco rato comencé a sentirme un poco más tranquila a pesar de estar sumamente asustada y confundida.

Afuera en la sala de espera se encontraba Antonio y yo quería correr a decirle lo que me pasaba. El doctor D., experto en estas situaciones, me preguntó si la persona que me acompañaba era de mi absoluta confianza porque le gustaría darme su diagnóstico final en su despacho, pero delante de alguien que me estuviera apoyando. Me explicó que en situaciones tan fuertes como esas, los pacientes tienden a bloquear parte de la información recibida debido al impacto de la noticia, por lo cual él siempre prefería hablar con el paciente y algún familiar o persona de confianza. Me sentí complacida de haber aceptado que Antonio me acompañara y pasé a su despacho a esperarlos a ambos. Al poco tiempo la enfermera lo condujo hasta mí y, en cuanto me vio, supo que se habían comprobado mis temores, supo que tenía cáncer y me abrazó tiernamente. Yo, nuevamente, a llorar.

Después de unos minutos entró el doctor y los dos nos sentamos frente a él. Le explicó a Antonio lo que ya me había dicho a mí, y nos indicó lo que en su opinión debería ser el protocolo a seguir. Primeramente requería unos análisis más especializados para tratar de determinar si había metástasis, es decir, si el cáncer se había ido ya a algún otro lugar del cuerpo o si estábamos a tiempo de encontrarlo únicamente ahí. Mientras él hablaba, en mí sucedía lo que el doctor había previsto que pasaría. Comencé a oír, sentir y vivir una experiencia rarísima, como si mi cuerpo estuviese sentado ahí en la silla pero mi mente entraba y salía del consultorio. Oía parte de lo que el doctor nos decía pero me alejaba pensando diez mil cosas a la vez y... regresaba. Mis hijos..., operación..., análisis, quimioterapia..., cáncer. Un millón de dudas y un temor muy grande, por primera vez en mi vida, a la muerte, no por el hecho de la muerte en sí, sino por el hecho de dejar a mis hijos tan pequeños.

Antonio y yo salimos del consultorio y caminamos hasta el auto. No podía expresar palabra alguna. Los ojos llenos de lágrimas y el nudo en la garganta me impedían hablar. Junto a mí, Antonio, mi gran amigo, mi gran compañero, mi ángel, tratando de encontrar palabras para consolarme pero yo no hacía más que llorar. Llorar, llorar, llorar.

Mientras Antonio conducía trataba de animarme, pero mi mente divagaba mientras él hablaba. Iba haciendo un repaso mental de mi vida desde que era chiquita y no podía comprender cómo me enfrentaba ahora a esta mortal enfermedad. Él, tratando de ayudarme, me pedía que me tranquilizara y me decía que todo iba a salir bien, pero la credibilidad en su tono de voz no existía. Ambos sabíamos que la situación era delicada. Ahora comprendo que momentos como ese son difíciles no solo para el enfermo, sino también para las personas que lo quieren porque de alguna manera ese dolor también lo sienten ellos.

Una vez llegamos a mi casa se aseguró de que me sentía lo suficientemente bien para quedarme sola y se marchó pues estaba grabando una película. Apenas cerré la puerta detrás de él, de nuevo comencé a llorar, pero esta vez sin reprimirme, sin contenerme, me doblé de cuclillas, recargada a una pared y lloré sin poder parar. El llanto era fuerte, salía de lo más profundo de mi ser y reflejaba el dolor tan grande que sentía en esos momentos...

Esa noche prácticamente no dormí pues me la pasé llorando. Di vueltas para un lado y para otro en la cama, y con cada movimiento mi seno adolorido por la biopsia me recordaba la terrible realidad. Lloraba y trataba de trazar mentalmente un plan de acción, pero la confusión y el miedo se apoderaban de mí. Fue una noche realmente difícil durante la cual las preguntas que más cruzaron mi mente fueron: ¿Qué va a pasar con mis hijos?, ¿cómo van a reaccionar ante esto?, ¿cómo les va a afectar?, ¿qué van a pensar?, ¿qué van a sentir?, y el único consuelo que tuve fue el estar agradecida por ser yo la que tenía el mal y no alguno de ellos.

La noche se me hizo eterna y no dejé de pensar en mis hijos, en lo pequeños e inocentes que eran y en la carga tan grande que esto representaría para ellos. Los tres hemos estado muy unidos y por eso mismo tenía mucho miedo pues quizá, egoístamente hablando, no me gustaría que crecieran sin mí. Ese era mi principal temor ante la muerte puesto que soy una persona que cree en la evolución de la vida y que ve la muerte como una consecuencia natural. Siempre he creído que somos espíritu y que el cuerpo es únicamente algo así como nuestra vestimenta, la cual tarde o temprano tenemos que dejar pero que nuestro espíritu continúa vivo.

Toda la noche estuve preguntándome acerca de la gravedad de mi situación. Quería encontrar respuestas a miles de preguntas que cruzaban mi mente y que variaban desde encontrar la solución para poder solventar la enfermedad, hasta definir cuál sería el curso indicado a seguir.

Siempre he creído que cuando pasamos por un dolor, un desengaño o una pérdida fuerte, es importante sentir profundamente las emociones para poder liberarlas y dejarlas ir. Creo que es importante experimentar hasta lo más profundo de nuestro ser aunque nos duela bastante porque creo que es la única manera de superarlo y salir adelante. Pienso que una vez que se toca el fondo del dolor y ya no se puede ir más abajo, lo único que nos queda es empezar a subir y a salir de ese estado. Creo que esa noche lloré todo lo que era humanamente posible llorar pero me sirvió mucho porque sentí un dolor tan grande dentro de mis entrañas y tuve un miedo tan fuerte que tuve que comenzar a enfrentarlo racionalmente. No sabía lo que me esperaba, pero una vez entendí la gravedad del problema no me quedó más remedio que afrontarlo.

En cuanto amaneció, me salí a mi terraza y, viendo la inmensidad del mar en un precioso día soleado, me dije a mí misma: "Tengo este problema, debo encontrarle solución". Con los ojos hinchados de tanto llorar me salió una pequeña sonrisa porque a partir de ese momento decidí que iba a luchar con todas mis fuerzas para salir adelante. Había determinado esa noche que el cáncer era un obstáculo más en mi vida pero que no iba a dejar que me venciera, o por lo menos no lo iba a dejar ahí tranquilo, invadiendo mi cuerpo, sino que a partir de ese momento iba a luchar con todos los recursos humanamente posibles para derrotarlo. Empezaba una batalla fuerte pero iba a tratar de ganarla y, si no la ganaba, por lo menos el cáncer iba a pelear contra mí conscientemente porque no me iba a vencer tan fácilmente. Con esa nueva actitud me armé de valor y comencé a llamar por teléfono a mi familia y a mis amigos para darles la mala noticia.

LAS LLAMADAS

La primera llamada de larga distancia que hice a algún miembro de mi familia, para informar acerca del difícil diagnóstico, se la hice a mi mamá. No fue fácil. Unos días antes había hablado con ella por teléfono para explicarle que me habían encontrado un tumor y que el médico había mandado hacerme una mamografía y un ultrasonido. El día que le hablé yo estaba asustada porque desde el principio tuve un mal presentimiento, pero ella, como reacción natural, trató de restarle importancia al asunto. Ahora tenía un resultado concreto y este era aterrador. Mi vida había cambiado drásticamente de un día para otro.

Nunca me ha gustado dar malas noticias y mucho menos por teléfono porque me parece un tanto impersonal, pero las circunstancias de vivir tan lejos me obligaron a hacerlo. Quise parecer fuerte y mantener una postura seria, pero al poco tiempo de empezar a hablar con ella no pude más, me derrumbé y comencé llorar. La confusión de los resultados y el dolor emocional eran tan grandes que no sabía ni qué hacer ni cómo empezar a funcionar, ni cómo reaccionar. Le repetí una y mil veces que lo que más me preocupaba de toda la situación eran mis hijos. Ella siendo madre podría comprenderme; buscaba apoyo, ánimo y valor.

A través de mi vida he aprendido que la gente no reacciona como nosotros esperamos que lo haga sino como cada quien sabe hacerlo. En esta situación, mi mamá empezó a hablar y hablar y hablar diciéndome cómo debería enfrentar económicamente el problema, y modificando mi vida para facilitarle la situación a los demás. Es curioso, pero fue la primera persona de muchas más que me dijo los cambios que debía hacer en mi estilo de vida para que me fuera y les fuera más cómodo a los demás enfrentar el problema. Creo que aprendí bastante de filosofía al escucharla tanto a ella como a algunos de mis tíos y hermanos, dándome sus recomendaciones para manejar la situación. Durante todas esas charlas me limitaba a pensar lo fácil que es dar sugerencias y opiniones acerca de cómo manejar la vida de otras personas, cuando en realidad ninguno de ellos estaba en mis zapatos ni conocía a fondo mi verdadera situación como para poder brindarme una opinión objetiva.

Uno de los primeros consejos que me dio mi mamá ese día fue que dejara mi casa y mi vida en Miami y me fuera con los niños a Mazatlán, México, donde ella reside, para que así pudiera estar pendiente de mi restablecimiento. Según me dijo ese día, para ella sería más fácil ayudarme si yo estaba en su casa pues no tendría que dejar su trabajo y, además, a mí me iba a convenir, financieramente hablando, el pagar por todos los tratamientos y operaciones en pesos mexicanos y no en dólares.

Traté de mantenerme calmada y serena y le agradecí sus buenas intenciones al aconsejarme de esa manera, pero le dije firmemente que no pensaba hacer ningún cambio radical en mi vida. Era perfectamente consciente de que a partir de mi diagnóstico nuestra estabilidad familiar estaba viéndose afectada, pero quería ofrecerles a mis hijos cierta normalidad dentro del caos que comenzaba, y me pareció que lo más lógico era tratar de continuar con nuestra rutina de la manera más apegada posible, para brindarles a ellos cierta seguridad en su contorno familiar.

Creo que con esa primera conversación se intensificó la confusión en la que yo estaba, pues las ideas que me acababa de sugerir únicamente me confundieron más y la angustia, el miedo y los sentimientos que percibía se mezclaron y terminé más triste, asustada y confundida de lo que ya estaba. Colgué el teléfono, me senté en un rincón de mi habitación, puse mi cabeza entre las rodillas y lloré desesperadamente.

Pienso que los seres humanos somos buenos por naturaleza pero que algunas veces los hechos que vivimos en el recorrido de nuestras vidas son los que nos hacen cambiar de cierta manera. También aprendí que a muchas personas les gusta mucho dar consejos y lo hacen de buena fe aunque no sean necesariamente los correctos para quien los escucha. Varias veces, durante mi proceso de curación, algunos familiares me daban lo que ellos creían eran buenos consejos, diciéndome que debía dejar mi departamento "tan caro", o que debía regresarme a México porque allá me saldría todo más barato. Nunca me dijeron: "Te doy un cheque para que pagues tu mudanza y te vengas aquí con nosotros", o "vénganse los niños y tú a vivir a nuestra casa". Como eso nunca sucedió, yo decidí agradecerles a todos sus buenas intenciones pero seguí adelante con lo que yo creía era lo correcto en mi situación, para el bien de mis hijos y mío. A decir verdad, me costó un poco de trabajo comprender por qué tantas veces se me sugirió modificar mi vida para facilitarle la vida a otros, cuando la que estaba viviendo el problema en carne propia era yo.

Después de haber hablado con mi madre y llorado en mi cuarto por un buen rato decidí empezar a llamar a mis amigos, pues algunos de ellos sabían que había ido al médico y estaban nerviosos y ansiosos esperando los resultados.

Al principio no fue tan fácil darles la mala noticia porque invariablemente, después de decir "tengo cáncer", se me nublaban los ojos, me temblaba la voz y se me salían las lágrimas, pero, curiosamente, después de varias llamadas me di cuenta de que el hablar del problema lo ponía en una perspectiva diferente y finalmente, después de varias conversaciones, empecé a asimilar la situación de una manera un poco menos dura.

Ese día aprendí que verdaderamente hay muchas maneras de interpretar una misma situación ya que encontré reacciones muy diferentes por parte de mis amigos. Aunque todos se mostraban consternados ante la noticia y un tanto incrédulos de que yo tuviera cáncer, hubo momentos en que tuve que ser yo quien hiciera el papel de valiente pues hubo algunos que se preocuparon tanto que empezaron a llorar. Me acuerdo particularmente de dos amigas mías de quienes sentí tanta angustia y preocupación que me asustaron más de lo que ya estaba y de repente me encontré consolándolas, explicándoles que todo iba a salir bien, que me mejoraría, que iba a luchar contra esto a pesar de todo lo que se me presentara, y que no me iba a dejar vencer. Desde ese día empecé a darme cuenta de que por muy parecidos que podamos ser los seres humanos no todos vemos la vida o la muerte con la misma perspectiva, y reconocí que algunos somos más débiles y otros más fuertes cuando nos toca reaccionar ante una misma situación. Creo que esas llamadas telefónicas representaron para mí el inicio de la terapia de aceptación de mi nueva realidad.

Dos días después de haber regresado de México (viaje del que hablaré en el siguiente capítulo) y cuatro días de haber recibido el diagnóstico, la noticia de mi padecimiento comenzó a circular rápidamente entre mi grupo de amistades. Decidí que sería mejor si se enteraban directamente por mí que por otras fuentes, así que contacté con mi círculo de amigos más cercano y cara a cara les hablé de mi problema. Escribo acerca de estas anécdotas porque me parece importante hacer notar que no toda la gente reaccionó como yo esperaba o como yo lo hubiera hecho. Al comentarle mi situación a mis amigos hubo muchos que trataron de restarle importancia para no hacerme sentir mal. "No te preocupes, no es tan grave, yo conozco a Fulanita de Tal que pasó por lo mismo y está perfecta", o "no te pasa nada, mi tía lo tuvo y ya se recuperó". También hubo quienes por quererme ayudar me contaban acerca de alguien que pasó por lo mismo pero que ya no estaba entre nosotros, para luego darse cuenta de que quizá el comentario no había sido muy apropiado. Lidiar con todas estas opiniones no siempre es fácil. Frecuentemente escuché a mis amigas hacerme comentarios como "lo tuyo no es tan grave, yo he sabido de casos peores" o "a no sé quién le pasó algo peor y ahora está estupenda". Yo sé que todos esos comentarios no se hacen con mala intención sino, por el contrario, como un gesto para aminorar el problema, pero creo que a veces es mejor dejar que el enfermo sienta su dolor y lo asimile de la manera en que sabe hacerlo y como mejor lo sienta. Las comparaciones nunca son buenas porque las vidas no son iguales y las circunstancias tampoco lo son y a veces, por querer minimizar un problema, podemos causar un daño mayor sin quererlo ofendiendo a la persona a la que precisamente estamos tratando de ayudar.

De cualquier manera, las llamadas con una noticia como esta nunca son fáciles, pero creo que el hacer partícipe a quienes nos rodean en una situación de estas puede ser muy beneficioso porque el círculo de amor comienza a formarse alrededor de uno.

VIAJE A MÉXICO

Era sábado por la mañana y durante la noche había pensado tanto en mis abuelitos como en mis hijos. Debido a la relación tan estrecha que he tenido toda la vida con ellos, me preocupaba inmensamente el dolor que mi enfermedad les causaría. Como ellos viven en México, decidí salir esa misma tarde para allá a fin de darles la noticia en persona y no por teléfono. Ellos ya son mayores y desgraciadamente el concepto que tienen del cáncer las generaciones anteriores es de muerte segura. Yo quería que me vieran "vivita y coleando", aún con pelo, buen color y buen semblante. Sabía que una vez comenzando con la primera operación y el tratamiento me iba a ser muy difícil regresar a verlos durante varios meses y ellos, por su edad avanzada, no podrían venir para acá, lo cual haría la situación un poco difícil puesto que durante años hemos pasado vacaciones juntos y nos veíamos muy frecuentemente. Conseguí un vuelo para esa misma tarde y llamé a mi tía Tere, una tía muy especial, para pedirle que me recogiera en el aeropuerto. No le di muchos detalles por teléfono y ella es una persona sumamente discreta que no me hizo ninguna pregunta sino que se esperó hasta que hablé con ella personalmente.

Después de haber hecho mi reserva, me arreglé y llamé a Tom, que tenía a los niños, para decirle que necesitaba hablar con él respecto a mis resultados. En ese momento estaban paseando en su lancha por la bahía de Biscayne y me vinieron a recoger a la marina anexa a mi casa. Me subí a la lancha y abracé fuertemente a mis hijos sin decir palabra. Estaba agobiada, tenía puestos mis lentes oscuros, para disimular lo hinchados que tenía los ojos, y me inundaba un miedo terrible por lo que venía y una angustia muy grande al pensar que quizá no los iba a ver crecer. Traté de contener las lágrimas pero estaba muy sensible y aunque sabía que debía ser fuerte ante ellos me era muy difícil. Ambos me preguntaron qué me había dicho el doctor puesto que sabían que el día anterior lo había visto para que me revisara la "bolita" que tenía en el pecho. Tom también me preguntó por los resultados, pero antes de hablar con él preferí hablar con mis hijos a su nivel y en español que es nuestro idioma. Les expliqué que la bolita que tenía mami era una bolita mala llamada cáncer y que el doctor decía que me tenían que operar para sacármela, y que después de la operación me iban a dar unas medicinas para curarme y volver a estar como nueva. Izzy, mi hija, comenzó a llorar mucho, lo cual me partió el alma. Estaba muy asustada y me abrazaba tan fuerte como si no la fuera a ver nunca más. Tommy fue más cauteloso pero directamente me preguntó si me iba a morir. Luego de respirar profundamente, y de tratar de mantenerme calmada, le contesté que realmente no lo sabía, pero que le prometía que iba a hacer todo lo posible por no morirme porque no los quería dejar solitos. Me abrazó con ternura, me dio un beso y le pidió a Izzy, su hermanita, que no llorara más, mientras la abrazaba y le decía que todo iba a salir bien. La imagen de Tommy abrazando a su hermanita en ese momento es algo que voy a guardar en mi mente para siempre porque me enseñó la ternura tan grande que un niño tan pequeño puede sentir por su hermana.

Qué difícil debía de ser la situación para ellos en ese momento. La estabilidad que habían conocido toda su vida con su mami se les venía abajo, se volvieron vulnerables y también ellos comenzaron a enfrentar una realidad en la que el miedo, el desconcierto y la duda permanecen.

Después de terminar de hablar con ellos, le informé a Tom el diagnóstico y le recordé que no tenía seguro médico. Me di cuenta de que se sintió mal porque, aunque tenemos nuestras grandes diferencias, unos meses antes él pudo haberme ayudado a conseguir el seguro pero se había negado a hacerlo. En esa ocasión, como en tantas otras, me dijo que no me ayudaría a conseguirlo porque, como yo le había pedido el divorcio ya que quería estar sola, pues sola me las tendría que arreglar para conseguir mi propio seguro. Honestamente, creo que ninguno de los dos nos hubiéramos imaginado que tan solo unos meses más tarde yo estaría pasando por esta situación.

Es muy difícil vivir en este país sin tener un seguro médico porque las cuentas son astronómicas. Generalmente yo había estado cubierta por el seguro del sindicato de televisión, pero la situación en la compañía estaba apretada y, cuando nos cancelaron abruptamente los programas de televisión y experimentamos recortes drásticos de presupuestos, opté por dejar de pagar mi seguro médico mientras se regularizaba mi situación económica. Aunque en ese entonces me preocupaba no tener seguro, pensé que lo peor que me podría pasar durante los meses que estuviera sin este sería un accidente de auto ya que en esta ciudad la gente maneja muy mal, pero pensé que me cubriría el seguro de mi automóvil, así que decidí no agobiarme pensando que algo malo me pasaría. Nunca me hubiera imaginado que este error ya se manifestaba dentro de mi cuerpo, nunca me imaginé que ya tenía cáncer.

Después de un rato de plática, en el que me hizo varias preguntas, accedió a quedarse con los niños un día más mientras yo iba a México a hablar con mis abuelitos. Ese viaje, aunque sería difícil, debía hacerlo y mientras más rápido lo hiciera era mejor puesto que ellos aún no se enteraban de nada.

Me despedí de mis hijos, los dejé en la lancha con su papá, les aseguré que los adoraba más que a nadie en la vida y les expliqué que debía ir a ver a mis abuelitos para contarles lo que me pasaba porque por varios meses no los podríamos visitar. Regresé a mi casa a preparar mi equipaje y mientras lo hacía trataba de entender un poco más mi nueva realidad, pero era difícil.

Estaba haciendo mi maleta cuando llegó de visita mi amigo Rey, que aún no sabía el resultado de mis exámenes, pero que venía a regalarme un libro que a él le había parecido muy interesante. Tanto a él como a mí nos encanta leer y frecuentemente nos intercambiamos libros. En esa ocasión, al darme el libro, se me llenaron los ojos de lágrimas porque era el relato de un ciclista americano que había ganado dos veces la carrera de ciclismo de Francia después de haber vencido el cáncer testicular que lo había atacado. Me sorprendió la casualidad de la vida ya que este libro llegó a mis manos justo en el momento indicado. Ahí mismo le dije lo que me pasaba y se sorprendió mucho al enterarse, pues nunca se lo hubiera imaginado.

Esa tarde me fui rumbo al aeropuerto y me sentía totalmente agobiada y con un enorme nudo en la garganta pues regresaba a mi ciudad natal llevando conmigo una pena muy grande.

Las tres horas de vuelo a México las pasé leyendo el libro que me pareció sumamente interesante y educativo desde el punto de vista de lucha, coraje y determinación para vencer la enfermedad. Me metí en la lectura de tal modo que el viaje se me pasó en un momento. El único problema que tuve fue que, al llegar a la sección que hablaba de la quimioterapia, no pude sino leer el primer párrafo, cerrar el libro y ponerlo a un lado. Me asustó mucho lo que leí, pues aún no estaba preparada para enterarme de todo eso, así que, después de una breve pausa en la que aproveché para estirar los pies y caminar un momento, regresé a mi lectura pero empecé en el siguiente capítulo.

Esa noche en México hablé con mis tíos, primero que nada, pues ellos amablemente habían ido a recogerme al aeropuerto. Se compadecieron de mí y conocí un lado bueno de mi tío, al que no conocía, ya que ahí mismo se ofreció a ayudarme a pagar las colegiaturas de mis hijos mientras salía del problema, una gran ayuda para una madre soltera. A ellos también les dolió mucho que me estuviera enfrentando a esto y me brindaron su apoyo y mi tía me abrió su corazón, me dio su cariño y su amor durante todo el proceso.

A la mañana siguiente llegué a casa de mis abuelitos, quienes se sorprendieron enormemente de verme en México, puesto que no les había avisado que los visitaría. Aunque a través de los años los había sorprendido apareciendo en su casa para el cumpleaños de mi abuelito en varias ocasiones, desde que llegué a verlos sabían que esa no era una visita común y corriente. Llamémoslo intuición, sexto sentido o simplemente instinto materno, pero cuando mi abuelita me vio supo inmediatamente que algo andaba mal. Una semana antes le había contado que me había encontrado una bolita en el seno, así que supuso, al momento de verme, que si yo había viajado a México para hablar personalmente con ellos era porque algún problema tenía. En ese momento pude ver el susto reflejado en su rostro.

Luego de los saludos y los abrazos, mi abuelito se levantó de la mesa, en donde estaba desayunando, y se despidió de nosotros diciéndonos que se le hacía tarde para ir al trabajo. Lo miré de una manera incrédula y le pedí que se quedara un momento porque necesitaba decirles el motivo de mi viaje. A regañadientes se sentó nuevamente y les expliqué el problema tratando de aparentar ser fuerte y muy valiente e intentando contener las lágrimas.

Al oír la palabra cáncer mi abuelita comenzó a llorar. Sacó el pañuelo de la bolsa de su bata, me veía, y repetía que no podía ser, que a mí no. Mi abuelito, por su parte, simplemente me dijo: "Pues sí está difícil la situación. Habrá que resolverla. Me voy a trabajar. Nos vemos luego". Se puso el abrigo, metió las manos en los bolsillos y empezó a chiflar mientras Jaime, el chofer, le llevaba el portafolio y lo acompañaba a subirse al auto para llevarlo a la oficina. Mi abuelito siempre ha sido un gran ejemplo y un gran apoyo en mi vida y sé que su reacción de ese día fue para bloquear de su mente una situación muy difícil. A partir de ese momento y durante varios meses sucedió algo muy extraño con él pues de cierta forma decidió negar mi enfermedad y le ha costado mucho trabajo comprenderla. Es curioso cómo funciona la mente humana cuando quiere desentenderse de algo que le causa dolor. Él y yo siempre hemos tenido una gran relación y, aunque no soy su hija sino su nieta, siempre me ha llamado hija, me ha cuidado, me ha protegido, me ha querido, me ha apoyado en mis locuras y ha estado siempre a mi lado y al lado de mis hijos. A mí me ha causado una gran pena saber el dolor que él ha sentido por culpa de mi enfermedad.

Después de que se marchó mi abuelito de la casa no sabía qué hacer pues tuve que consolar a mi abuelita y asegurarle que todo iba a salir bien, ya que estaba muy preocupada y angustiada. La abracé, le conté los grandes adelantos médicos que hay en Estados Unidos y le comenté del libro que venía leyendo en el avión. Yo también estaba muy asustada pero me causaba mucha pena verla a ella, una persona mayor, preocupándose así por su nieta. Siempre hemos tenido una relación muy estrecha y ella sentía que, estando tan lejos de mí, no podría hacer nada por nosotros.

Esa tarde estaba yo descansando un rato en la recámara cuando mi abuelita me dijo que mi papá me hablaba por teléfono. Se había enterado de la noticia por medio de uno de mis hermanos y quería hablar conmigo. Mi reacción inicial fue de susto, pues nuestra relación siempre fue muy distante. A través de los años, a mí me costó mucho trabajo superar y aceptar la relación tan fría que había entre ambos. Desde pequeña sintió un rechazo hacia mí muy fuerte de su parte y toda la vida luchó contra eso. Aún de mayor y ya con mis hijos, intenté un acercamiento con él pero siempre me topé con un hombre duro y rígido que no tenía el menor interés ni en mí ni en sus nietos. Por alguna razón, las pocas veces que nos veíamos se las ingeniaba para hacerme sentir que no era digna de ser su hija y, en muchas ocasiones, me atacaba tan fuerte que parecía su enemiga, aunque realmente nunca entendí por qué. Así que, cuando mi abuelita me dijo que mi papá me llamaba por teléfono, yo no le quería contestar porque le tenía miedo. ¿Qué querría decirme? Pensé por un instante no contestarle, pues creía que me iba a atacar emocional-mente, pero, estando en casa de mis abuelitos y justamente al lado de ellos, no me quedó más remedio que atender el teléfono.

La llamada no fue nada positiva porque, después de que me exigió una explicación y un reporte acerca de mi condición, se limitó a decirme que eso era lo que me había buscado por la clase de vida que llevaba en Miami y que eso me lo habían contagiado. Yo lo escuché incrédula y empecé a llorar pues sus comentarios me hirieron profundamente, sobre todo porque en esos momentos tan difíciles lo que uno menos necesita es más agresión. Terminé de escuchar lo que me decía, pero no podía contestarle nada ya que mi llanto era fuerte pues era una mezcla de dolor, incredulidad, enojo y muchos sentimientos entrelazados, así que no le respondí nada, simplemente lo dejé terminar todo lo que me estaba diciendo y me despedí de él. No habíamos hablado en más de un año y en ese momento pensé que sería mejor dejar pasar otro año de la misma manera. Regresé a mi cuarto y ahí estaban esperándome mis abuelitos quienes se dieron cuenta de que la llamada me hizo mucho daño. Me senté en la cama y ellos, preocupados, me abrazaron, me consolaron y me pidieron que tratara de entenderlo pues su reacción era la forma de demostrar que se preocupaba por mí.

A la mañana siguiente mi papá llamó nuevamente a la casa y habló únicamente con mi abuelita, a quien le pidió me informara que él mismo me llevaría a Texas para pedir una segunda opinión sobre mi situación. Decidió que quería llevarme a la clínica, a la que tanto él como mis abuelitos han acudido regularmente durante toda su vida, para que ahí, doctores de su entera confianza, me revisaran y me diagnosticaran correctamente. Cuando mi abuelita me contó esto, yo la verdad estaba un tanto incrédula. Al principio pensé que mi papá quería hacer de héroe rescatando a la hija caída. Nunca se había preocupado por mi salud, prácticamente no conocía a mis hijos, desde que yo salí de mi casa la primera vez nunca me había ayudado económicamente ni en situaciones difíciles, así que no entendía cómo ahora iba a tomar de su tiempo y de su dinero y me iba a ayudar. La verdad me resultaba muy difícil creerlo y se lo dije a mi abuelita. Ella insistía en que era mi padre y debía dejarme ayudar y guiar por él. Yo estaba sumamente confundida.

Después del desayuno llamó mi papá nuevamente para hablar conmigo. Estaba más tranquilo que el día anterior y su tono era menos agresivo. Me pidió que fuera con él a Texas a obtener una segunda opinión y se ofreció a cubrir todos mis gastos puesto que ya para entonces sabía que mi situación económica era difícil. Pensé que no tenía nada que perder, y sí mucho que ganar, además podría aprovechar el viaje para hacerme varios de los exámenes que el doctor D. me había mandado y eso sería de gran ayuda. Le agradecí su ofrecimiento pero desde ese día le expliqué que yo pensaba tratarme y operarme en Miami porque quería estar junto a mis hijos durante todo ese proceso. No quería que hubiera malos entendidos sobre lo que yo haría, y le hice ver, tanto a él como a todos, que yo no era ninguna tonta que estaba jugando a ser la mártir, sino que era una mujer determinada a pelear con todo lo que me fuera posible para vencer esta difícil enfermedad, tanto por mis hijos como por mí misma. Finalmente, nos pusimos de acuerdo para vernos en Texas una semana más tarde.

En el transcurso de la mañana llamó por teléfono Tere, mi tía, para decirme que su mamá quería hablar conmigo. Su madre es una señora a la que había visto a través de los años en reuniones, bodas y fiestas familiares pero con la que realmente nunca había tenido una relación íntima, así que hasta cierto punto me sorprendió que quisiera hablar conmigo. Tere me comentó que le había dicho que quería compartir conmigo algo que ella había vivido y que era similar a lo que me estaba pasando, así que me llevó a su casa y nos dejó a solas para que pudiéramos conversar tranquilamente.

Doña Enriqueta es una señora muy guapa, distinguida y elegante, a la que admiraba por la manera en que cuidaba de su persona. Siempre pensé que ella había vivido una vida fácil y desahogada, llena de fiestas y compromisos sociales y sin mayores preocupaciones; de su vida íntima sabía muy poco, así que cuando me contó que ella había padecido cáncer en los ganglios me quedé sumamente sorprendida. Durante un largo rato me habló de su experiencia y de lo difícil que fue para ella, puesto que, aunque cuando le pasó estaba casada y sus tres hijos eran ya adolescentes, en esa época los problemas médicos se trataban con mucha discreción, por lo cual no se contaba con el gran sistema de apoyo emocional de los amigos con el que podemos contar ahora. Aunque nuestras situaciones familiares, económicas, los diagnósticos y los tratamientos fueron muy diferentes, su relato me conmovió enormemente ya que, por primera vez, comprendí que no estaba sola con este problema y que el cáncer es algo que ataca a cualquiera. Me sentí realmente privilegiada de haber compartido su experiencia conmigo y gracias a su charla supe que debía ser fuerte y afrontar la situación con dignidad y entereza tal y como lo había hecho ella en su momento. Su relato me pareció particularmente conmovedor porque, habiéndola tratado durante años, yo no había siquiera imaginado que hubiera afrontado una situación así de difícil. Gracias a esa charla comprendí el valor de la comunicación y de la información que alguien que ha vivido un problema similar puede aportar a quien comienza a vivirlo. El verla tan segura de sí misma, tan fuerte, tan digna y, al mismo tiempo reviviendo algo tan difícil, personal y frágil, me dio valor para comenzar a enfrentar mi problema con mayor seguridad. En ese momento comprendí que algo tan difícil como el cáncer puede crear un lazo de cariño y apoyo entre dos mujeres de dos generaciones diferentes. Su melancolía al relatarme su situación, sus vivencias, sus miedos, sus sufrimientos, su lucha y su determinación de salir adelante por sus hijos fueron para mí como una inyección de entusiasmo, fe, determinación y valentía.

Gracias a esa conversación pude edificar los pilares de mi lucha a lo largo de esa etapa difícil.

Esa misma tarde, y realmente conmovida por la plática, me marché de México y, lógicamente, la despedida de mis abuelitos fue muy difícil. Mi abuelita, que es una mujer por naturaleza muy dura, empezó a llorar y me partía el alma, y mi abuelito se veía muy preocupado. Hubiera querido evitarles esta angustia pero esa sí fue una situación totalmente fuera de mi control. Las emociones de esa despedida son difíciles de explicar porque hasta cierto punto la palabra cáncer es una sentencia de muerte y por nuestras mentes se nos cruzó el pensamiento de que quizá no nos volveríamos a ver. A pesar de que quería mantenerme con una actitud positiva, el miedo que da el cáncer es muy grande y es en realidad un sentimiento muy difícil de explicar.

Esa noche regresé a Miami y me sentí feliz de estar nuevamente en mi casa con mis hijos. Los besé, los abracé y traté de explicarles que durante mi viaje a México me di cuenta de que había muchísima gente que nos quería y nos apoyaría durante ese tiempo. Habiendo terminado de rezar, Izzy me miró a los ojos y, con miedo en su tierna vocecita, me hizo la misma pregunta que Tommy me formuló, pues quería saber si me iba a morir. Por un momento no supe qué contestar ya que era algo para lo que ni yo misma tenía respuesta. No quería mentirle, así que me limité a prometerle que haría todo lo posible por curarme porque quería vivir con ellos hasta que fueran grandes, pero con honestidad le contesté que no lo sabía puesto que únicamente Dios decide cuándo es nuestro momento de partida. Fueron unos momentos muy emotivos y como concesión especial esa noche los dejé dormir conmigo en mi cama.

Al regresar nuevamente a mi casa, a mi ciudad, a mis rumbos, experimenté una nueva sensación. Si bien estaba agobiada por el viaje, por las emociones fuertes, por la noticia, comencé a darme cuenta de que en los momentos difíciles se abren nuevas puertas y aparecen almas buenas que iluminan y guían nuestro camino.

Desde esos primeros días la vida comenzó a darme lecciones muy grandes de bondad, compasión, amor y ternura que desde un principio supe que debía saber apreciarlas, entenderlas, aceptarlas y aprenderlas.

LA SEGUNDA OPINIÓN

Durante los pocos días que estuve en Miami, antes de partir hacia Texas a encontrarme con mi padre en búsqueda de una segunda opinión médica, el caos comenzó a invadir mi vida. El teléfono sonaba constantemente, era alguien que acababa de enterarse de lo que estaba pasando conmigo. Los niños continuaban con sus actividades normales en la escuela y yo había hablado con el director de la misma para explicarle la situación y pedirle que pusiera atención de una manera especial al comportamiento y el estado de ánimo de mis hijos. Necesitaba que me informara si él o las maestras notaban algún cambio en su conducta o en sus calificaciones para tratar de manejarlo de la mejor manera posible. Sé que cuando a un niño se le altera su estructura fundamental puede tener repercusiones en su comportamiento y lo que en ese momento estaban afrontando mis hijos no era una cosa sencilla.

Después del asombro inicial que la noticia les causó, tanto él como las maestras y los padres de familia que se fueron enterando comenzaron a brindarnos su apoyo. Cuando yo llevaba o recogía de la escuela a mis hijos, invariablemente me detenía alguien para decirme algunas palabras de aliento o para ofrecerme su ayuda. Señoras y señores, a los que había apenas visto en reuniones de la escuela, se detenían a platicar conmigo y a reiterarme que estábamos en sus oraciones y que estaban dispuestos a apoyarnos en esos momentos difíciles. Si bien yo no quería que mis hijos se sintieran con toda la atención del mundo porque su mami tenía cáncer, sí quería que en la escuela sus maestras les prestaran cuidado especial cuando se sintieran tristes, confundidos o asustados. Con este cambio repentino de situación en el hogar, la escuela es el lugar en donde necesitaban encontrarse más a gusto.

La idea del viaje a Texas, sola con mi padre, me asustaba un poco, pues debido al estado de nuestra relación no sabía ni de qué platicaríamos, ni de qué humor estaría conmigo, ni si realmente me iba a apoyar y a ayudar, o si simplemente quería quitarse un poco la culpa de la falta de relación entre nosotros. Es extraño escribirlo, pero creo que de las personas que menos me conocían era él y me resultaba un tanto incómodo siquiera pensar en la situación que viviríamos tres días solos los dos bajo esa tensión tan fuerte.

De todas maneras, ya decidida a hacer el viaje, traté de tomarlo como algo positivo y bueno dentro de lo caótico de la situación. Me daba gusto pensar que por lo menos en ese momento mi padre se estaba preocupando por mí y eso era un sentimiento que yo realmente no había conocido.

Llegó el día de mi partida y durante todo el vuelo iba algo preocupada pensando cómo serían esos días con mi papá, ya que, aunque estaba muy asustada por el cáncer, también me preocupaba la situación entre nosotros, a pesar de que le estaba muy agradecida por haberse ofrecido a llevarme a obtener la segunda opinión.

Después de un pequeño contratiempo, en el que desviaron el vuelo a Nueva Orléans, finalmente aterrizamos en San Antonio y ahí, en la sala de espera, estaba él. Lo vi, le sonreí y le di un beso, pero su primer comentario al verme fue para decirme que los anteojos que traía puestos estaban realmente feos, y me preguntó si los necesitaba para ver o los traía puestos por gusto. Me sentí incómoda con el comentario porque no solo los utilizo pues los necesito, sino que además creo que es un modelo lindo de lentes, pero en ese momento supe que mi papá era como era y el hecho de que estuviera haciendo una buena acción conmigo no significaba que iba a cambiar su manera de ser, así que decidí no permitir que ese tipo de comentarios me afectaran y simplemente me limité a contestarle que mis lentes eran para poder ver.

Recogimos el equipaje y nos dirigimos a la clínica que quedaba como a hora y media por carretera. Nos subimos al auto y durante todo el camino no hicimos más que platicar de cosas triviales como el clima, el paisaje y el tráfico de las ciudades. Paramos a cenar en un restaurante cerca del complejo médico, justo enfrente de nuestro hotel, y finalmente llegamos y nos registramos, ya era de noche y los dos estábamos cansados del viaje. Mi papá había reservado dos habitaciones, una para cada uno, con lo cual me sentí más tranquila porque pensé que así por lo menos tendría momentos para llorar a solas.

A la mañana siguiente nos levantamos antes del amanecer y nos presentamos en el hospital para comenzar los exámenes a las seis de la mañana. Aprovechando el ofrecimiento de mi padre de ayudarme con este gasto y asumiendo que el diagnóstico sería el mismo, además de llevar las radiografías, ultrasonido y biopsia que me habían pedido los doctores de allá, también llevé la receta de los exámenes que el doctor D., mi cirujano oncólogo, me había entregado. Sin esos exámenes no me podían operar en Miami y cuando uno se encuentra bajo esas circunstancias los días se pasan muy lentos, con el miedo y la angustia de que el cáncer se siga propagando, así que yo quería abarcar lo mayor posible en ese viaje puesto que por tres días completos no saldría del hospital.

Noté a mi papá preocupado por mi situación y el sentimiento que me invadía era algo raro. Por una parte, me daba pena verlo así de nervioso y angustiado, pero, por otra, me daba gusto sentir que se estuviera preocupando por mí y me alegraba tenerlo ahí a mi lado. Entre exámenes, análisis y pruebas quedaban ratos muy largos en las diferentes salas de espera y ahí era cuando yo aprovechaba para leer toda la información que conseguía acerca del cáncer. Prefería pasar el tiempo ocupando mi mente para tratar de hacer la espera menos fastidiosa y al leer algo nuevo de información lo compartía con mi papá. Aunque yo sentía que él trataba de apoyarme, muchos años de incomunicación y de falta de relación no se pueden borrar de la noche a la mañana, así que, a pesar del esfuerzo de ambas partes, la situación era un tanto tensa.

Su preocupación y sus nervios lo llevaban a molestarme, y entre espera y espera insistía en que el cáncer me lo habían contagiado. Sé que no lo decía en serio porque él es un hombre muy culto, pero era su manera de desahogarse y encontrar algún culpable para una situación tan difícil. Yo iba bien preparada mentalmente para no dejar que sus comentarios me hirieran o me afectaran y decidí ver en sus palabras el reflejo de un padre confundido y asustado.

En cuanto tuvimos la primera consulta con el médico general, le pedí una explicación acerca de los factores que causaban este tipo de cáncer y le pregunté directamente si existía la posibilidad de que me hubiera salido por contagio. El doctor nos miró un poco incrédulo por la pregunta, pues tenemos la apariencia de gente educada y culta que obviamente sabe que el cáncer no se contagia, pero aun así, nos lo reiteró varias veces. Para poderme examinar le pidió a mi papá que se saliera un momento de su consultorio y nos dejara a solas, ahí fue cuando yo aproveché para hablar con él y explicarle que mi papá estaba asustado por mi situación y que no le parecía que yo viviera en Miami lejos de toda mi familia, por lo que ahora me decía que el cáncer era contagio por estar viviendo en esa ciudad. El doctor comprendió que esto era simplemente un problema familiar, y de una manera muy profesional le enfatizó repetidamente a mi padre que no hay forma alguna de padecer cáncer por contagio.

Ese mismo día Migue, mi hermano menor, llegó al hospital para acompañarnos durante el día. Me dio gusto verlo ahí porque, aunque el último año nos habíamos distanciado, el simple hecho de que estuviera ahí hacía la situación menos tensa con mi padre.

Finalmente, después de tres días de exámenes, radiografías, análisis y demás, nos preparamos para marcharnos una vez termináramos con la última consulta que sería con el oncólogo especializado, que era el único que nos quedaba pendiente y el que nos daría el diagnóstico final. Todas las opiniones anteriores, tanto las del médico general como las del radiólogo y el patólogo, eran las mismas que en Miami, así que mi papá y yo asumimos que esta última visita sería igual. Esa mañana, antes de salir del hotel rumbo a la clínica, dejamos listo nuestro equipaje pensando que nos marcharíamos en cuanto nos dieran el único diagnóstico que nos faltaba, así que con esas expectativas llegamos a ver al doctor. Después de una corta espera, el oncólogo nos recibió, a mi padre y a mí, y nos confirmó el diagnóstico de cáncer del seno. Nos habló de la posibilidad de que hubiera metástasis y nos explicó que la única manera de saber si se me había dispersado o no era una vez removidos y analizados los ganglios linfáticos durante la operación. Me alivió un poco saber que su diagnóstico era exactamente igual al que me había dado el doctor D. en Miami, pues por lo menos ya estaba segura de que en ambos lugares las opiniones eran iguales y el protocolo a seguir era prácticamente el mismo. También me alegraba escuchar que todos los doctores nos enfatizaban que el tratamiento debería llevarse a cabo en mi lugar de residencia puesto que iba a ser largo y difícil y debía tratar de mantener mi modo de vida más o menos estable por el bien de mis hijos. De pronto, el doctor se puso de pie, encendió su lámpara de ver los rayos x y nos dijo con una voz muy seria:

"Sin embargo, siento mucho ser yo el que les informe esto, pero hemos encontrado un tumor en el riñón y por sus características nos parece que es también un tumor de cáncer. El problema serio aquí es que la metástasis del cáncer de seno no se va al riñón sino a los pulmones, a los huesos y al cerebro, así que creemos que estamos lidiando con otro tipo de cáncer diferente. En nuestra opinión, lo primero que se debe hacer es una operación para extraer el tumor ya que las biopsias en los riñones pueden generar lecturas incorrectas, ya que las masas o tumores grandes como este pueden estar invadidos de células cancerosas únicamente en determinados lugares, y si durante la biopsia la aguja entra en un lugar que no tenga células cancerosas se puede creer que el tumor es benigno cuando en realidad no lo es".

Según nos informó, la apariencia encapsulada del tumor, sus características y sus años de experiencia médica lo llevaban a determinar que efectivamente era cáncer.

Mientras oía al doctor mi mundo se derrumbaba de nuevo, pero esta vez estaba con mi padre y podía ver el miedo reflejado en su rostro. Yo sabía que debía ser fuerte pero me costó mucho trabajo. Ese diagnóstico no me lo esperaba y me tomó realmente por sorpresa. Aparentando estar muy interesada en el aspecto de mi tumor, me levanté de la silla y me puse delante de la radiografía para que el doctor me enseñara exactamente de lo que me estaba hablando. No sé leer radiografías pero quería de alguna manera desviar mi atención al problema para tratar de calmarme a fin de digerir la noticia; viéndolo detenidamente, me di cuenta de que a simple vista se veía una bola como una canica grande ubicada en la parte izquierda del riñón izquierdo. Comparándolo con el otro riñón se podía ver a simple vista la diferencia.

Nuevamente no sabía qué hacer, estaba muy confundida y asustada, quería llorar pero debía ser fuerte por mi papá. Ahí mismo, el oncólogo me mandó hacer unos nuevos análisis y otra serie de estudios porque también le habían parecido sospechosas unas ligeras manchas que se podían apreciar en uno de mis pulmones y en ciertas partes de mi columna vertebral. Se disculpó nuevamente por la mala noticia y nos indicó que debíamos regresar con el médico general que tenía nueva información sobre mi caso.

Yo veía a mi papá y me sentía muy mal. Estaba muy nervioso y asustado, hasta cierto punto me sucedió lo mismo que me pasó con mi abuelita en México cuando le di la mala noticia, y tuve que ser yo la fuerte y la que le diera ánimos porque él se estaba desmoronando.

No había nada más que hacer que seguir las instrucciones del oncólogo. Nuestros planes de regresar a nuestras casas ese día se habían tenido que cancelar y así comenzó otro día más de análisis, radiografías y exámenes.

Esa noche fue difícil para los dos. Salimos a cenar y tratábamos de entablar conversación acerca de la comida, del vino o del restaurante. De alguna manera evitábamos tocar el tema de la enfermedad, lo único que me repetía constantemente era que esos doctores sí eran buenos, que eran lo mejor y que debería considerar la posibilidad de dejarme operar y curar por ellos y no en Miami.

Al día siguiente hicimos nuestra última ronda por el hospital. Hablamos con los doctores y nos entregaron los exámenes. Afortunadamente no habían encontrado nada más, así que podíamos marcharnos de regreso a casa. Tratando de aparentar una calma que no existía, nos despedimos de los doctores y del personal administrativo del hospital. Nos regresábamos con estas malas noticias a nuestros respectivos hogares pero por lo menos ya teníamos una segunda opinión y un cuadro muy claro acerca de la dificultad de mi situación.

La carretera de regreso para tomar el avión me pareció eterna. Hablábamos pero los silencios eran mayores que las palabras. Yo sentía que los ojos se me llenaban constantemente de lágrimas pero quería evitar que mi papá me viera llorando. Quería huir de todo eso. Quería tomar mi avión, regresar a mi casa, estar con mis hijos y tomar decisiones. Necesitaba mi tiempo y mi espacio para tratar de encontrarle el sentido a lo que me estaba pasando. Necesitaba estar a solas para meditar y pensar, para tratar de entender qué estaba sucediendo. Creía que la tenía difícil cuando era cáncer de seno y ahora me encontraba con esto que era realmente devastador. Necesitaba pensar.

Casi al final del viaje, mi papá me pidió que regresara a mi casa y pensara muy bien lo que haría. Me ofreció su apoyo y cierta ayuda económica pero me puso condiciones para esta y, a decir verdad, ya me estaba cansando de la ayuda condicionada de algunos familiares, así que le agradecí enormemente lo que estaba haciendo por mí, pero le reiteré que yo quería mantener la mayor estabilidad posible para mis hijos y le dije que estaba muy a gusto y me sentía muy bien con los doctores de Miami, así que le pedía que respetara mi decisión puesto que debía entender que la que más interés tenía en curarse era yo, y nadie más que yo.

Después de un largo silencio se ofreció nuevamente a apoyarme durante esta etapa difícil y desde ese momento le encontré un nuevo significado a mi enfermedad ya que por alguna razón divina estaba empezando un acercamiento entre mi padre y yo, algo que durante años yo había querido lograr.

Maquillándome antes de la grabación de mi
programa piloto el día que me encontré el tumor.

Nunca imaginé estar como paciente en la
unidad de oncología.

Después de mis primeras tres operaciones
con mi hermana, mi madre y mi hija.

Antonio visitándome en el hospital.

Empecé a quedarme calva y tuve que raparme.

Con mi papá y mis hijos.

Mis hijos con Adela.

Celebrando el cumpleaños de Tommy.

Recibiendo mi quimioterapia acompañada de Lilia.

Disfrutando un momento de reposo con Izzy.

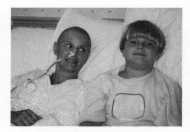

Mi apariencia era horrible pero seguía luchando.

Disfrutando con Izzy bebiendo un té.

Con mi enfermera recibiendo la radiación.

Tres generaciones: con mi madre y mi hija.

El amor es lo que mueve al mundo.
Aquí con mis hijos.

OPERACIONES

Mi mami se tuvo que ir al hospital para que la operen. Yo estaba muy muy, muy, muy asustado. Mi hermanita Izzy estaba llorando mucho porque mi mami estaba en el hospital por muchos días. Yo estaba muy preocupado y en las noches no me podía dormir pero en el día mis amigos en la escuela me hacían sentir muy bien porque todos los días me preguntaban si mi mamá se sentía mejor. Mientras estaba en el hospital Izzy y yo la visitamos casi todos los días y le llevamos flores, cartas que le escribimos y unos collares que le hicimos en la casa.

Tommy

Al regresar a Miami desde Texas, mi preocupación principal era concertar una cita para ver nuevamente al doctor D., mi cirujano oncólogo, para entregarle los resultados de los exámenes que me había ordenado. Una vez que la obtuve fui a verlo pero camino a su consulta me pasó una cosa muy curiosa: perdí mi voz. Así es, me quedé afónica, totalmente afónica, muda, y no me salía una sola palabra. Fue un sentimiento horrible.

Llegué al consultorio y durante la consulta tuve una sensación de impotencia impresionante ya que, además de tratar desesperadamente de comunicarle al doctor todo lo que sentía, había regresado de mi viaje llena de preguntas y dudas y no me salía la voz, así que no podía preguntar ni decir nada. Además, curiosamente, mientras más esfuerzo hacía por hablar, menos voz tenía y más me angustiaba y me frustraba.

El doctor D., con la paciencia y la experiencia que lo caracterizan, me decía que no me preocupara ya que me había quedado afónica como resultado de la tensión por la que estaba pasando, así que me recetó unas gotas y descanso y me aseguró que en un par de días volvería a hablar normalmente.

Yo necesitaba comentar con él lo del tumor del riñón, pedirle su opinión y su recomendación acerca de un médico especialista en oncología renal para poder consultarlo. A señas y escribiendo en un papel, me entendió y se contactó con Tito, nuestro amigo el patólogo, y entre los dos decidieron quién sería el médico que me trataría este nuevo problema.

El doctor D., consciente de mi situación económica, me sugirió que ya que había que hacer también la operación del riñón, deberíamos hacer al mismo tiempo la del seno, pues aunque iba a ser más larga y difícil la recuperación, sería mejor para mi economía el utilizar un solo día el quirófano, el anestesiólogo, el personal del hospital, la sala de recuperación, la sala de cuidados intensivos, etc. A decir verdad, este doctor ha sido un ángel en mi camino puesto que por primera vez en mi vida me topé con un médico que realmente ama su profesión y está consciente y toma en consideración la situación económica de sus pacientes. Además de ayudarme sugiriéndome lo de las operaciones conjuntas, un día llegó a verme al hospital y me llevó la tarjeta de la encargada de los servicios financieros de ayuda a pacientes del hospital. Si no hubiera sido por él, nunca me hubiera enterado de que existía la posibilidad de que ese departamento me ayudara a lo largo del proceso; con todo esto él me demostró que realmente me estaba considerando como persona y no simplemente como una paciente más. Aunque varias veces le he escrito notas y mis hijos le han hecho algunos dibujos para su consultorio, no me canso de darle las gracias por todo lo que hizo por mí, su dedicación, su compasión y el respeto a su profesión me han demostrado que aún quedan doctores que realmente practican la medicina por amor y que no todos en este país se han materializado de la misma manera.

Ese día salí de la consulta nuevamente con lágrimas en los ojos, pero a esas alturas creo que tenía el hígado más limpio que existía en la ciudad (se dice por ahí que el hígado se limpia con las lágrimas), y aunque he llorado toda mi vida, durante esa época estaba muy sensible y con la mayor facilidad las lágrimas brotaban de mis ojos.

Como cosa rara, a esa consulta había acudido sola, creo que dentro de mí sentía que mis días de independencia estaban llegando a su fin, al menos temporalmente, y veía esa necesidad inmensa de valerme por mí misma.

Una de las situaciones más agobiantes durante todo el proceso de la enfermedad fueron las constantes llamadas telefónicas. Aunque yo sabía que eran de gente que me quiere y se preocupa por mí, y les estoy muy agradecida por su interés, llegó un momento en que las llamadas me inquietaban o me cansaban más de lo debido porque la gente hace las mismas preguntas y quieren que repitas cada vez la misma historia, así que desde que me empecé a sentir mal decidí limitar el número de llamadas que recibía cada día. Era particularmente difícil cuando mi mamá y mis hermanos me llamaban constantemente a pedirme fecha de operaciones porque las fechas no dependían de mí y ellos querían encontrar tarifas adecuadas y avisar en sus respectivos trabajos para poder estar conmigo. Hubo ocasiones en las que me hacían sentir mal porque yo no podía darles una respuesta, así que decidí no contestarles más hasta que tuviera la información que ellos buscaban.

Una tarde, estando en mi casa, recibí la llamada dándome la cita para ver al doctor G., el oncólogo renal. Como me la dieron con ocho días de anticipación, llamé a mi mamá para avisarle y pedirle que se viniera conmigo, pues finalmente se había ofrecido a acompañarnos mientras me recuperaba de las operaciones para ayudarme un poco en la casa con los niños. Aún no tenía fecha de operación, pero supuse que sería a los pocos días de reunirme con el oncólogo-urólogo.

Mi mamá llegó a Miami justo el día anterior al de la cita, así que pudo acompañarme a esa primera consulta. Cuando por primera vez vi al doctor G., me pareció sumamente joven para tener tanta experiencia como decían y, a decir verdad, su corta estatura y su cara de niño me hacían cuestionarme si realmente era tan profesional y experto como me habían dicho. Creo que adivinó lo que estaba pensando porque voluntariamente me informó que no era tan joven como parecía y me aseguró que este tipo de operaciones eran rutinarias para él, así que con sus explicaciones me hizo sentir más confiada. Revisó mis radiografías y, sin más, diagnosticó lo mismo que el doctor de Texas: el tumor era canceroso porque estaba encapsulado y mostraba las características típicas del cáncer. Me explicó que trataría de hacerme una operación de riñón parcial, es decir, quitándome el tumor y la parte del riñón afectada por este, pero tratando de evitar quitármelo todo. No estaba seguro de que se pudiera hacer porque, como me dijo, hasta no abrir y ver el tamaño exacto del tumor y la situación ahí dentro no podía tomar una decisión. Eso sí, estuvo de acuerdo con mi cirujano oncólogo en que programaríamos las operaciones para el mismo día, así que lo único que quedaba era que ambos doctores coordinaran la fecha en que estarían disponibles.

El tiempo de espera entre el diagnóstico y la coordinación de ambos médicos para determinar fecha de operación fue una verdadera agonía. Por una parte, no podía dejar de imaginarme que el cáncer pudiera seguirse propagando dentro de mi cuerpo sin yo poder hacer nada para detenerlo y, por otra, sabía que las operaciones no dependían de mí y no había nada que yo pudiera hacer para acelerar el proceso. Aunque había llamado varias veces a las secretarias de los doctores para pedirles fecha de operación, veía que ellas no tenían prisa alguna en que se me operara. Pasaron nuevamente varios días y mi impaciencia crecía a cada momento. Por fin, un jueves por la tarde, llamé nuevamente al consultorio y me dijeron que no podrían operarme hasta dentro de dos meses porque los horarios de los doctores no coincidían. Al oír eso me sentí muy mal, no lo podía creer, me enojé muchísimo y le grité a la muchacha que me había llamado. Mi frustración era enorme y le pedí que por un momento se pusiera en mi lugar y se diera cuenta de lo difícil que era vivir con cáncer y ver que ahora la situación no dependía de mí para salvarme sino de los doctores y que estaba frustrada porque parecía que no llegábamos a ninguna conclusión. Lloré con ella un rato, se compadeció de mí, me dijo que entendía mi situación y que trataría de hacer algo por arreglarla y colgamos el teléfono. Media hora más tarde me llamó para decirme que había hablado con los doctores y que estaban dispuestos a operarme ese mismo sábado, dos días más tarde. Aunque me pareció demasiado pronto, emocionada acepté porque no quería prolongar más la espera.

Migue, mi hermano menor, y Verónica, mi hermana, volaron al día siguiente para estar conmigo. De todos mis hermanos era a los que menos esperaba ver a mi lado puesto que con ninguno de los dos tenía una relación muy estrecha en esos momentos. Me dio gusto verlos ahí, pero al mismo tiempo supe que si ellos habían venido a estar conmigo era porque sospechaban que quizá no la libraría, especialmente mi hermana. Aunque llamé a mi papá para que me acompañara, él prefirió no hacerlo porque mi mamá ya estaba conmigo y la relación entre ellos no era cordial. A mí me dolió su actitud porque en una situación como la que estaba viviendo necesitaba el apoyo y el cariño de ambos y no me gustaba que me obligaran de cierto modo a elegir quién de los dos estaría a mi lado.

El viernes se me pasó el día entre exámenes del hospital, pruebas de último momento, análisis de preparación para las cirugías y en la oficina de registro del hospital. Esa noche no dormí casi nada, pues estaba nerviosa, inquieta y asustada, tanto por lo que encontrarían los doctores al abrirme como por mis hijos. La despedida de ellos esa mañana antes de irme al hospital fue difícil pues los tres estábamos asustados aunque cada uno lo disimulaba a su manera. Muy tempranito Tom vino a recogerlos para llevárselos a su casa por el fin de semana, pues pensé que era lo mejor para todos porque así estarían un poco alejados del problema mientras pasaba el riesgo de las operaciones. Después de despedirme de ellos con muchos besos, abrazos y una oración, me alisté para irme al hospital. En realidad no llevaba casi nada conmigo excepto las radiografías y los análisis que los médicos me habían pedido. Antes de salir de casa me metí por un momento a mi habitación y oré sola y en silencio. Recé desde lo más profundo de mi alma y me encomendé a mi Dios y a mis ángeles de la guarda. Tenía sentimientos encontrados ya que por una parte sentía cierta seguridad interna de que las cosas iban a salir bien, pero por otra parte tenía nervios de las operaciones. Era una situación difícil ya que incluso al momento de entrar al quirófano yo no sabía si saldría con seno o sin él, ni si saldría con riñón o sin él.

Esa mañana, además de mis hermanos y mi madre, llegó Antonio a mi casa para acompañarme al hospital. Es increíble el sentimiento espiritual tan grande que nos une. Su presencia a mi lado en esos momentos me hacía sentir protegida como si nada malo me fuera a pasar. Desde que lo conozco hay una afinidad muy grande con él y si bien no somos pareja nos compenetramos de una manera muy especial. Con su presencia a mi lado he afirmado mi creencia en la reencarnación de las almas pues siempre he sentido que nosotros venimos compartiendo vidas y acumulando experiencias desde muchas existencias anteriores. Él se queja mucho de mí diciendo constantemente que soy "esa cruz" que le ha puesto la vida, pero yo sé que me quiere tanto como yo a él.

Ya en el hospital, por fin llegó el momento de entrar a la sala preoperatoria, en donde únicamente podía tener conmigo a dos acompañantes, así que me despedí de Antonio y de mi mamá y mis hermanos entraron conmigo. Adentro las enfermeras comprobaron mi identidad y no podían creer que mi brazalete tenía como mi fecha de cumpleaños justamente ese día, el día de mis operaciones. "Bonita manera de celebrar tu cumpleaños", me decían todas, pero en realidad mi cumpleaños no era sino cuatro días más tarde pero habían cometido un error tipográfico.

Después de haberme conectado el suero y puesto la bata de hospital, fueron a saludarme mis dos doctores, quienes una vez más me explicaron el procedimiento de lo que me harían. Para mi sorpresa, la operación del riñón sería la primera puesto que el tumor estaba en el riñón izquierdo y debían colocarme recostada del lado derecho en la camilla para que el doctor me pudiera operar. Lo que complicaba un poco la situación era que el tumor del seno y los ganglios linfáticos estaban del lado derecho, entonces el doctor D. tendría que maniobrar un poco para no afectar la operación del riñón. Definitivamente estaba asustada y nerviosa cuando llegó el anestesista a hablar conmigo. Le pregunté varias veces si estaba seguro de que podría mantenerme sedada durante todo el tiempo de las operaciones porque me daba miedo despertarme entre una operación y otra. Creo que más que miedo a despertarme era temor de sentir dolor mientras me operaban, pero él me tranquilizó diciéndome que tenía mucha experiencia en dejar a las mujeres "dormidas". En eso estábamos cuando a lo lejos me pareció escuchar una voz familiar hablando con las enfermeras. Levanté un poco la cabeza y me di cuenta de que era Juan. Había llegado a despedirse de mí y había logrado meterse hasta ese lugar restringido a visitantes. Me dio mucho gusto verlo y después de su acostumbrado regaño, porque según él le di mal la dirección del hospital, me apretó la mano, me dio un beso en los labios y me dijo que no podía dejarme ir a la operación sin antes verme y hablar conmigo. Me dio mucha emoción verlo a mi lado. Me apretaba la mano, me acariciaba el pelo y cuando el camillero llegó a recogerme para llevarme al quirófano se acercó a mi oído y me dijo: "Te quiero"; yo únicamente lo miré, le sonreí y le dije: "Yo sé".

De las operaciones ni siquiera me acuerdo ya que la anestesia funcionó perfectamente bien, como me lo había dicho el anestesiólogo, lo que sí recuerdo es despertarme muy molesta y asustada creyendo que únicamente me habían hecho una de las cirugías y no las tres, y medio dormida recuerdo reclamarle al anestesiólogo porque, según yo, la anestesia se me estaba pasando y aún no terminaban las operaciones. Yo creo que las enfermeras y los doctores están acostumbrados a este tipo de reacciones de los pacientes puesto que no me ponían mucha atención y seguían tratando de hacer su trabajo. Finalmente, ante mi insistencia, el anestesiólogo se acercó a mi lado y me pidió que me tranquilizara, explicándome que todas las operaciones habían terminado y ya me encontraba en la sala de recuperación. Aunque yo no tenía noción del tiempo, habían ya pasado casi nueve horas de cirugías. Durante mi recuperación me desperté varias veces con la misma inquietud pero, con la misma facilidad en cuanto alguien me decía que ya me habían operado, volvía a entrar en un sueño profundo.

Pasaron varias horas cuando me desperté con el movimiento de la camilla que me trasladaba a una habitación. Había mucha luz que me molestaba y oía muchas voces a mi alrededor. Estaba muy confundida porque no sabía qué estaba pasando cuando sentí la voz de Antonio hablándome al oído, diciéndome que todo había salido muy bien y que parecía que el tumor del riñón no era canceroso. Recuerdo abrir los ojos en ese momento, ver su enorme sonrisa de alegría y sentir algo así como la presencia de un ángel dándome las buenas nuevas. De repente me sentí como envuelta en una nube de luz en donde unas grandes alas blancas me cubrían y me protegían, y no sé si fue un sueño, una visión o una alucinación por la anestesia pero eso fue lo que sentí y lo viví de una manera muy real. En esos momentos no tenía fuerzas para hablar, simplemente nos apretamos fuertemente las manos y nos sonreímos. Yo estaba feliz y muy agradecida a la vida.

Viéndolo desde un punto de vista espiritual, honestamente creo que durante mis operaciones mis ángeles protectores estuvieron presentes. Desde el punto de vista científico, me parece difícil creer que dos oncólogos especialistas en tumores de riñón hubieran diagnosticado mi tumor como canceroso sin serlo. No fui yo la única sorprendida ya que los mismos médicos estaban asombrados. Quiero pensar que desde el cielo actuaron ayudándome a aminorar el problema ya que este tumor de cáncer hubiera representado un cambio de rumbo en la curación de dos cánceres sumamente difíciles. Estoy convencida de que las oraciones de tanta gente que pedía por mí en esos días, la energía positiva de tantas personas y mi actitud positiva, lograron hacer que mis ángeles transformaran lo malo en bueno para que yo pudiera recobrar más fácilmente mi salud. No tengo modo de probar esto pero quiero pensar que así fue porque me llena de alegría sentirme protegida desde el más allá.

Después de la sala de recuperación me pasaron a una habitación privada, dentro del departamento de cuidados intensivos en la unidad de oncología del hospital. No recuerdo casi nada de los primeros dos días porque estaba con muchos sedantes para aminorar el dolor. Lo que sí recuerdo con mucho cariño es que cada vez que abría los ojos veía más flores en mi habitación y me llenaba de alegría. Sentía la presencia constante de amigos y amigas y me veía rodeada de amor. Marco, uno de mis hermanos gemelos, llegó al segundo día y me acuerdo que me dio mucha emoción que estuviera acompañándome porque hacía por lo menos tres años no lo veía.

Extrañaba a mis hijos y quería tenerlos cerca pero sabía que para ellos sería difícil verme llena de agujas y sueros, así que decidí esperar al tercer día antes de recibirlos en mi habitación por primera vez.

Durante mi estancia en el hospital, por las noches se turnaban mis hermanos para quedarse a dormir conmigo en la habitación, y por el día me ayudaban con mis hijos. Ellos me fueron a visitar al tercer día cuando yo ya no me veía tan abatida y me llevaron flores, unos collares que ellos mismos me habían hecho, e Izzy me llenó el cuarto de cartas de amor que me había escrito. Le pedí a mi hermana que pegara unas fotos de mis hijos en la pared, justo enfrente de mi cama, pues como eran fotos grandes de alguna manera me sentía acompañada por ellos en todo momento. Ahí mismo colocamos las cartas de mi hija y tanto los doctores como las enfermeras y las visitas se quedaron sorprendidos de leer las frases tan lindas que me escribía: "Mami, espero que ya te alivies para que podamos irnos de compras toda la vida". "Mami, te amo mucho. Espero que te sientas mejor y que nunca te vuelva a dar cáncer". "Mami, espero que te alivies para que podamos estar juntas para siempre y vayamos a España de vacaciones".

Dentro de la frialdad que puede encerrar un cuarto de hospital, en el mío se respiraba amor, energía positiva y buenos sentimientos. Los arreglos florales que continuaban llegando eran el recordatorio de que había un mundo de amigos fuera de esa habitación que pensaban en mí, me recordaban y me mandaban sus buenos deseos. El amor que empecé a sentir durante esos días me sigue acompañando ahora y estará conmigo siempre. He aprendido que lo que uno siembra, lo cultiva, y cuando uno vive en paz con uno mismo y es feliz, lo proyecta a los demás y se regresa. En ese sentido puedo decir que soy una persona muy afortunada porque la vida me ha enseñado lo que es el amor sincero.

Como lo escribí anteriormente, mi mayor pesar durante todo ese tiempo era cómo se verían afectados mis hijos por este problema. Tan frágiles que son los niños y tan inocentes a esa edad que simplemente de imaginarme lo que sentirían de pensar que podrían perder a su madre me asusta. Desde el principio de este proceso decidí que quería que ellos fueran parte integral de mi recuperación, así que esperaba sus visitas diarias al hospital para aprovechar su compañía y empezar a caminar por los pasillos. Como buenos niños, se peleaban por jalar la andadera que detenía las botellas de suero que tenía conectadas. Ellos me decían que parecía que nuestros papeles se hubieran invertido y ahora eran ellos los que ayudaban a caminar a su madre.

En una de esas caminatas, la realidad me hizo reaccionar cuando me detuve a leer el letrero que señalaba la entrada a la sala en donde me encontraba: "Sala de Cuidados Intensivos. Unidad de Oncología".

Aunque lo había visto varias veces durante esos días, en ese momento en particular me pegó muy fuerte. Fue como si finalmente estuviera consciente de lo que me estaba pasando y durante días completos venía a mi mente esa imagen y me parecía difícil de comprender lo que estaba viviendo. Recordaba cómo apenas un mes y medio atrás estaba yo disfrutando plenamente de la vida, rodeada de mis mejores amigos y planeando un año lleno de éxitos tanto personales como profesionales. Un mes atrás habíamos grabado los pilotos de nuestra nueva serie de programas y pensábamos por estas fechas estar firmando contratos y negociando producciones. Sin embargo, ahora me encontraba recluida en esas paredes del hospital, que aunque eran verdes y vacías me acogían. Qué lección tan dura y qué cambio de dirección puede dar la vida repentinamente.

Durante la tarde de mi tercer día en el hospital me encontraba recostada en mi cama de la habitación, acompañada por mi mamá y mi hermana, cuando entró a mi cuarto una señorita muy elegante, vestida con un traje sastre azul. Me saludó muy amablemente y me dijo que venía del departamento de finanzas del hospital para arreglar el asunto de mis pagos. Se disculpó por tener que visitarme para cobrarme cuando yo estaba recién operada, pero me explicó que era su trabajo hacerlo. Yo me sentí muy mal porque sabía muy bien que no tenía seguro médico y tampoco contaba con el dinero que debía. Hablé con ella honestamente y le dije que no tenía una cantidad tan fuerte en esos momentos, pero le di mi palabra de que haría pagos y saldría de mi deuda en cuanto me fuera posible. Tratando de amenizar la situación, le dije que no se preocupara porque en las condiciones en que me encontraba no me podría escapar. Le pedí que me dijera quién era la persona indicada para hablar con ella y poder hacer un arreglo de pagos, y le prometí pasar a verla antes de que me fuera del hospital cuando me dieran de alta. Una vez se marchó de mi habitación, me percaté de que mi mamá se quedó muy preocupada porque las cantidades que ya debía eran sumamente elevadas y ella, por más que quisiera, no podía ayudarme en ese aspecto. Yo, como ya era costumbre, traté de aminorar el problema pero la realidad es que no podía ni dormir con la angustia de pensar que tenía dos hijos que mantener, estaba muy enferma y debía grandes cantidades de dinero. Me encontraba realmente en una situación muy difícil.

Al cuarto día de estar internada fue mi cumpleaños y, aunque lo pasé de una manera distinta y poco usual, tenía mucho que celebrar pues estaba viva. Ese día el teléfono no paró de sonar, eran amigos y familiares llamándome a desearme lo mejor, y eso ayudó a que el día se me pasara mucho más rápido y sin tanto tiempo para pensar en mi situación.

En uno de los pocos momentos en que me quedé sola en la habitación llegó Tito, mi amigo el médico patólogo, a desearme un feliz cumpleaños y me traía de regalo una caja de chocolates. Se sentó a platicar un momento conmigo y le comenté lo angustiada que estaba por la visita de la cobradora del hospital del día anterior. Con la calma que lo caracteriza me dijo: "Tranquila, mujer, los problemas que se pueden resolver con dinero no son realmente problemas; los que no se pueden resolver, aunque tengas mucho dinero, esos sí que lo son". He pensado en esa frase durante mucho tiempo y he visto cuánta razón tenía. Esa noche dormí más tranquila pues gracias a las palabras de Tito había encontrado un nuevo significado al valor de la vida y me cuestioné sobre la importancia que muchas veces le asignamos a ciertas cosas irrelevantes a lo largo de nuestras vidas. Comencé a darme cuenta de que en ocasiones me he dejado agobiar por problemas innecesarios que consumen mi energía y mi fuerza, y al final de cuentas son problemas que o no eran tan graves, como yo creía, o eventualmente se pudieron solucionar. Su comentario me ayudó a darme cuenta de que el dinero es una cosa creada por nosotros los hombres al cual a veces le damos un valor mayor del que realmente tiene, y que la salud, los sentimientos y el amor existen y son capaces de derribar barreras, romper obstáculos, abrir puertas y encontrar respuestas en donde hay duda o incertidumbre. Al fin de cuentas, todos estos sentimientos son mucho más fuertes que las cosas materiales que el dinero puede comprar. Gracias a su comentario entendí que el problema que tanto me afligía, que era el cómo poder solventar mis cuentas, no era realmente tan grande como parecía, porque mientras tuviera salud encontraría las herramientas necesarias para luchar, salir adelante y hacer los pagos correspondientes. Mi curación a partir de ese momento tomó una nueva perspectiva pues decidí entonces que mi prioridad debía ser la de combatir ese error que había dentro de mis células y me repetí constantemente que una actitud de triunfo y positiva es vital para alcanzar la curación.

VOLVER A VIVIR

Lo único bueno del cáncer fue que nos ayudó a ver cuántos buenos amigos tenemos. Desde que operaron a mi mami siempre tenemos flores en la casa y nuestros amigos siempre la vienen a visitar y a nosotros nos llevan a cenar o nos bajan a nadar en la piscina. También a veces nos traen regalos.

Izzy

[...] Nuestra casa siempre huele muy rico con tantas flores. Pobrecita de mi mami, se siente muy enferma últimamente pero casi siempre suena el teléfono o tiene amigos visitándola. A mí me gusta que ahora ella nos deja jugar a adivinar palabras con unos de sus amigos.

Tommy

Habían pasado seis semanas desde mis operaciones. Seis semanas difíciles de recuperación en mi casa durante las cuales había tenido mucho tiempo para pensar, dormir, descansar, leer, disfrutar la vista desde mi terraza y continuar la búsqueda espiritual que había iniciado desde el principio de este proceso. Habían sido seis semanas en las cuales mi apreciación por la vida se estaba modificando. Seis semanas de cambios tanto internos como externos. Seis semanas llenas de dolores físicos sobre todo en las cortadas de las operaciones. Seis semanas de aprender a convivir nuevamente con mi madre. Seis semanas durante las cuales mi comunicación con el mundo externo era únicamente a través del teléfono ya que mis salidas se limitaban a la consulta del médico. Físicamente me sentía muy débil y mentalmente estaba agotada, aún no acababa de comprender que lo que me estaba pasando era real, pues había ocasiones en que sentía que todo era como una pesadilla de la cual simplemente me despertaría.

Durante varias semanas pasaba los días sentada en una silla en mi balcón contemplando el mar, viendo la ciudad y preguntándome cuánto más me faltaría por descubrir antes de salir de esta situación. Fueron semanas de miedo, de temor y de una gran vulnerabilidad emocional y física. Durante esas semanas difíciles tuve varias visitas pero las de Juan todos los días me hacían mucho bien. Casi a diario, a las diez de la mañana, llegaba a mi casa a ver cómo me sentía y se quedaba conversando conmigo por varias horas. Durante ese tiempo aprendí a entenderlo y a darme cuenta de cómo la búsqueda de cada quien es diferente y nunca termina. Hablábamos de varios temas y no necesariamente de trabajo y ese cariño y respeto que siempre había sentido hacia él era más grande cada día. Él estaba en una relación personal un tanto errática, así que todos los días iniciaba su charla con las quejas acostumbradas, pero después de un rato la plática se volvía más filosófica y más profunda. Gracias a que él estaba en esa relación yo aprendí otra gran lección pues me di cuenta de que su amor hacia mí era sincero y desinteresado, pues no tenía por qué pasar tanto tiempo conmigo y lo hacía con amor y mucho cariño y por esa etapa de mi vida lo recuerdo con aprecio.

Uno de esos días, durante esas seis semanas, Sandra llegó a visitarme pero se veía realmente triste. Aunque nos conocíamos desde hacía tiempo nunca habíamos sido realmente amigas, pero esa mañana vino a hablar conmigo porque necesitaba desahogarse y confiarle a alguien su situación, y quizá por verme tan débil y en cama yo fui la persona indicada. Sin entrar en mucho detalle de algo de su vida personal, me confió que estaba embarazada y el no estar casada y tener hijos no era la situación ideal dentro de la sociedad en que vivimos. Hablamos de alternativas, exploramos opciones y la ayudé a darse cuenta de que, aunque sería un período difícil, siempre hay una luz al final del camino y para ella la luz sería la llegada del hijo que esperaba. A partir de ese momento y dadas las circunstancias nos volvimos muy buenas amigas porque durante los siguientes meses fuimos compañeras de batalla, cada una luchando contra una situación difícil. Desde ese día nos volvimos inseparables pues inconscientemente nos apoyábamos la una en la otra, además de volvernos compañeras de hospital pues ella me llevaba y me traía del hospital a la vez que yo la acompañaba a ella. La situación de Sandra me ayudó a comprender que todos en la vida pasamos por momentos difíciles pero que debemos afrontarlos y resolverlos de la mejor manera posible. Dado lo que viví con ella, entendí que nadie tiene la felicidad garantizada y me enseñó un significado nuevo de la palabra valor porque ella afrontó al mundo entero sola con su problema.

A pesar del apoyo moral que recibí durante ese tiempo, de que mi mamá estaba acompañándome y ayudándome en la casa y de que tenía muchos amigos que me visitaban constantemente, durante esas seis semanas muchas veces la duda y el miedo se apoderaron de mí. Me aterraba cada nueva molestia que sentía mi cuerpo pues me imaginaba que el cáncer se me estaba manifestando de otra manera o en alguna otra parte. Aunque quería no pensar en lo mismo, me preguntaba una y otra vez si los médicos habrían sacado todo lo malo de mi cuerpo. No podía evitar el ser fatalista y pensar que quizá las manchas que habían detectado en mis pulmones y en mi espalda, justo antes de operarme, eran manifestaciones de cáncer y, aunque trataba de no pensar en eso, varias veces me encontraba dándole vuelta al mismo asunto.

La época de recuperación estuvo plagada de duda, de sufrimiento, de angustia y de llanto contenido pues no quería que quienes estaban cerca de mí se preocuparan al verme sufrir. Fue una etapa difícil en la que aprendí a valorar mis momentos de soledad y de calma. Durante este tiempo Raouf, un amigo, me trajo de regalo una campana que parece antigua y que la puse en la mesita de noche al lado de mi cama y la cual comencé a utilizar cada vez que necesité llamar a mis hijos, a mi madre o a Adela, pues mi voz era muy débil y muchas veces no me escuchaban. La idea de la campana fue algo que a mis hijos les encantó ya que no había yo ni terminado de sonarla cuando ambos estaban al lado de mi cama viendo qué se me ofrecía. Es curioso cómo a los niños un detalle como ese les puede dar cierta motivación especial ante la situación pues se sentían muy importantes respondiendo al llamado de mamá e invariablemente corrían a atenderme.

El sexto fin de semana Antonio me habló de una sorpresa que me tenía preparada y que me aseguraba iba a disfrutar. No me dijo qué era pero se lo había comentado a mi madre y se habían puesto de acuerdo para encontrarnos un sábado en la mañana en el helipuerto. Además de ser futbolista profesional y actor, Antonio es piloto de helicópteros y se había coordinado con su instructor y amigo el capitán Elías para llevarme a disfrutar de un viaje en helicóptero por los cielos de esta bella ciudad. Cuando me enteré de la sorpresa reaccioné con cierta incredulidad pues no sé si era como miedo a que no se fuera a realizar o miedo a algo más, pero estaba ilusionada y muy contenta.

Llegamos al helipuerto que está ubicado a un lado del puerto marítimo de Miami. Era un día espectacular en el que el sol brillaba fuertemente y se reflejaba de manera intensa en el mar y había muy pocas nubes en el cielo que parecía invitarme hacia él. El helicóptero era únicamente de dos plazas y no tenía puertas a los lados, así que la aventura fue de lo más intensa pues únicamente el cinturón de seguridad me sujetaba para no salirme. Antes de despegar sentía como un nudo en el estómago y tenía algo de nervios pero el capitán y Antonio me animaron y me tranquilizaron para que pudiera disfrutar de un paseo muy especial. Me senté al lado del capitán en el asiento del copiloto y finalmente despegamos justo por encima del canal que lleva al mar. El corazón me latía fuertemente y la emoción me invadía de una manera muy especial y, a decir verdad, tenía un poco de nervios pues no sabía si estaba lo suficientemente fuerte físicamente para aguantar una emoción tan grande.

Durante 45 minutos volamos tanto por la ciudad como por la orilla del mar. No podía haber pedido un mejor día para disfrutar del paisaje. Sobrevolamos los rascacielos de la ciudad, pudimos apreciar desde arriba los paisajes maravillosos y espectaculares que componen esta hermosa ciudad. El capitán Elías verdaderamente se esmeró por llevarme a dar un paseo fuera de lo común y lo logró. Volamos arriba de playas desiertas, de pequeñas islas llenas de palmeras y un follaje increíble, y de la inmensidad del mar que ese día tenía un color azul intenso. Una vez arriba comencé a llorar de emoción y de felicidad al sentir que volvía a vivir. Lloraba de alegría y de agradecimiento, me sentía sumamente afortunada de poder disfrutar nuevamente la vida y me invadía una sensación de bienestar que hacía tiempo no experimentaba. Estando allá arriba en esa conexión tan especial con la naturaleza y la vida comprendí que aún me faltaba mucho camino por recorrer, mucho mundo por conocer y mucha vida por vivir. Sentí una identificación total con el universo y una alegría desbordante de simplemente estar viva.

En ese viaje tan especial comprendí que la vida es realmente un instante y cuando nos vamos de ella lo único que se va con nosotros es nuestro espíritu, lo que vivimos, lo que disfrutamos, nuestras experiencias, lo que aprendimos. Desde allá arriba percibí los contrastes tan grandes que nos ofrece la vida y me volví poeta por un instante y filósofa por otro más y sentí lo paradójico de la vida e hice comparaciones. Viví, soñé despierta, pero sobre todo me sentí nuevamente llena de vida y ese era un sentimiento que durante algún tiempo se había alejado de mí. Aprecié la naturaleza virgen de algunos paisajes y la comparé con las estructuras de concreto, vidrio y acero de los rascacielos. Entre la gente que veía abajo en las playas percibí almas buenas disfrutando del mar y de la naturaleza, y la comparé con la vida agitada de los banqueros de los edificios del centro y me cuestioné la razón de mi existencia; en ese viaje pensé, sentí, volví a vivir. Comparé mi partida de esta vida con el movimiento del helicóptero mientras ascendía y se acercaba a las nubes, y me di cuenta de que aunque abajo me estaban esperando, si yo me hubiera ido la vida seguiría adelante sin mí. Cuando nos acercábamos a la gente que estaba abajo disfrutando de un día más quería gritarles: "Mírenme, sigo viva" y aunque no lo grité en voz alta lo grité por dentro, lo sentí, lo viví y ese grito fuerte salió de mi corazón y me ayudó a aferrarme a la vida; desde ese momento con más ilusión, determinación y alegría decidí que en definitiva quería seguir viviendo.

Es curioso cómo se van formando los caminos en la vida y cómo se van abriendo puertas y presentando oportunidades en el momento indicado. Desde que me vine a vivir a Miami había querido volar en helicóptero pero no lo había hecho y sin embargo ese día, gracias a la bondad y generosidad de dos hombres que se pusieron en mi camino, un sueño más se me hacía realidad. Es increíble cómo un detalle, quizá tan simple como ese, pudo haber tenido un efecto tan grande en mi recuperación y en mi motivación para volver a vivir. Ese regalo de mi entrañable amigo le dio una nueva perspectiva a mi vida, y el tiempo y el esfuerzo del capitán lo hicieron una realidad. Fue una de las grandes emociones que he vivido, y definitivamente una manera de volver a sentirme con vida.

ADELA

Cuando llevaba más o menos un año viviendo en esta ciudad, llegó a trabajar a mi casa una señora llamada Adela. Proveniente de Colombia, estaba en Miami por cuestiones familiares cuando yo me quedé sin la persona que me ayudaba a atender a mis hijos y el quehacer de la casa. La primera vez que la vi me pareció una señora fina y elegante y sinceramente dudé de que quisiera quedarse a trabajar con nosotros ya que el sueldo que yo le podía pagar en esos momentos no era tan alto como en otras casas de mi rumbo, en donde la ayuda doméstica se cobra bastante alta. A ella le convenía encontrar un lugar en dónde vivir, así que llegamos a un arreglo y comenzó a trabajar con nosotros.

Desde un principio mis hijos se encariñaron mucho con ella pues, teniendo nietos ella misma, sabía cómo ser consentidora sin dejar de disciplinarlos cuando era necesario. Con el tiempo me di cuenta de que nos quería bien y, como sucede generalmente con alguien con quien se convive diariamente, empezamos a tomarla en cuenta como si fuera parte de la familia.

En esa ocasión Adela se quedó trabajando con nosotros durante casi un año hasta que su visa se le venció y tuvo que regresar a su país. Nos dio mucha tristeza cuando se fue porque nos habíamos encariñado mucho con ella, pero desde que se marchó, lo hizo con la idea de que regresaría nuevamente con nosotros una vez pudiera conseguir nuevamente su visa.

Cuando se acercaba la fecha de su partida recibió una llamada de su hija avisándole que una de sus hermanas estaba muy enferma del estómago. Al principio no se sabía exactamente qué tenía pero después le informaron que era cáncer. Adela no quiso marcharse sin dejarme con una persona de confianza ayudándome en la casa y con mis hijos, porque cuando ella se fue mi nuevo programa de televisión estaba en pleno apogeo y yo realmente necesitaba ayuda. Encontrar quién la sustituyera demoró dos o tres semanas, por lo que su partida se retrasó un poco más de lo previsto. Yo me sentía mal de que no se marchara antes, pero creo que en el fondo ella no adelantaba su regreso porque tenía miedo de lo que se iba a encontrar llegando a su casa. Finalmente se marchó pero, infortunadamente, cuando llegó a Colombia su hermana acababa de morir. Era su hermana consentida y no llegó a tiempo para despedirse de ella porque su cáncer fue fulminante. Eso le ha pesado mucho. Como Adela y yo habíamos hablado de la posibilidad de que ella se regresara con nosotros cuando la persona que me estaba ayudando tuviera que marcharse, mantuvimos contacto tanto por teléfono como por correo electrónico. Mis hijos preguntaban mucho por ella, la extrañaban y les encantaba recibir noticias suyas. Creo que en el fondo la identificaban con la figura de la abuela que no tenían cerca y que había compartido con ellos tantos meses juntos.

A los pocos días de haber recibido mi diagnóstico le escribí por correo electrónico para contarle lo que me estaba pasando. Aunque vivía lejos estaba siempre muy pendiente de nosotros y en esos momentos yo quería que se regresara a acompañarnos durante esa etapa difícil, porque yo sabía que con ella en mi casa me iba a sentir más tranquila, puesto que mis hijos estarían protegidos y bien cuidados.

En cuanto se enteró de mi condición, me llamó por teléfono y se ofreció a agilizar sus trámites para conseguir su visa y estar con nosotros lo antes posible pero, como eso de las visas puede ser rápido o tardar varios meses, yo no contaba con que regresaría pronto pero no estaba tan apurada porque la señora que se había quedado en su lugar aún seguía con nosotros. Como los primeros días después del diagnóstico fueron realmente caóticos, y tanto mi mamá como algunos de mis hermanos vendrían a acompañarme, le dije que tomara las cosas con calma y que se viniera cuando le fuera conveniente hacerlo.

Justo antes de comenzar con mi primera operación la señora que me ayudaba en la casa me avisó que se tenía que marchar pues su marido estaba un poco enfermo. Yo no me preocupé mucho por tener ayuda inmediata puesto que ya sabía que mi mamá estaría aquí un tiempo y que eventualmente Adela regresaría, así que decidí no contratar a nadie que la reemplazara por el momento. Entendía que, aunque las operaciones serían difíciles, me asustaban más las quimioterapias y creía que lo mejor sería tenerla aquí para cuando comenzara con esa parte de la etapa difícil.

Una noche, después de mis primeras operaciones, estábamos terminando de darle de merendar a los niños cuando tocaron a la puerta. Mi mamá y yo nos volteamos a ver como preguntándonos quién podría ser a esas horas y Tommy, mi hijo, abrió la puerta. Cuál sería nuestra sorpresa cuando vimos a Adela ahí, frente a nosotros, lista y dispuesta a quedarse nuevamente para ayudarnos. Nos dio muchísimo gusto verla, aunque yo sabía que en ese momento, sin percibir ingresos y con tantos gastos médicos, se me iba a complicar un poco poder pagarle su sueldo. De todas maneras llegué a la conclusión de que mi condición física requería que ella nos ayudara. Como nunca me dijo que vendría un día determinado, realmente me tomó por sorpresa su llegada. Unos días más tarde me dijo que no me había avisado para que yo no le pidiera que se retrasara más por tener compañía en mi casa, ya que no podía seguir en Colombia imaginándose todo lo que yo estaría pasando en Miami, por lo que en cuanto le dieron su visa se vino en el primer vuelo que consiguió.

Los primeros días que estuvo con nosotros todo fue muy bueno y agradable, pero al poco tiempo empecé a notar ciertas fricciones entre mi mamá y ella. Como ambas son más o menos de la misma edad, había cierta competencia como para ver quién cocinaba mejor o quién atendía mejor a los niños. Yo me imaginaba que algo así iba a suceder pero la verdad es que tenía tantas otras preocupaciones en mi vida que prefería ignorar esas pequeñas fricciones, aunque a veces me hacían sentir un tanto incómoda.

Con Adela ya a cargo de la casa, mi mamá tuvo mucho tiempo libre. No tenía mucho que hacer además de llevar y traer a los niños de la escuela, y empecé a notar que ella estaba un poco incómoda. Los días en que yo estaba más o menos bien aprovechaba para ir a darme una vuelta a la oficina, acompañar a Sandra a su doctor o simplemente salir a dar un paseo para romper la monotonía, pero empecé a ver que si yo no me sentía mal ni estaba molesta y me salía de la casa por varias horas, mi mamá pensaba que no estaba justificando su estancia aquí conmigo, y como que estaba perdiendo su tiempo. Ya en esas épocas llevaba casi tres meses con nosotros y entendía que no era fácil para ella. Tres meses bajo el mismo techo se dicen fáciles, pero cuando no se ha vivido con alguien durante 19 años no es tan sencillo volver a hacerlo. A pesar de que tenemos una relación cordial y que ha mejorado con los años, ella siempre fue mucho más apegada a mi hermana que a mí, y aunque mis hijos son sus nietos mayores, creo que nunca había pasado con ellos más de una semana seguida. A pesar de que le estoy sumamente agradecida por el tiempo que estuvo acompañándome, desde el principio supe que luchaba internamente entre querer quedarse más tiempo conmigo y regresar a su rutina. Estar tanto tiempo con una persona enferma no es fácil. No es fácil si eres la madre, el padre, el hijo, la hija, la sobrina, el tío, el nieto o la pareja, simplemente el acompañar a un enfermo no es sencillo, y esto es algo que debemos entender tanto los pacientes como quienes nos acompañan para evitar cargos de conciencia innecesarios.

Después de hablar con Adela y asegurarme de que ella no se iría de nuestro lado hasta que yo me recuperara, decidí hablar honestamente con mi mamá acerca de su estancia con nosotros. Primero le dije lo agradecida que estaba con ella por haber dejado su vida a un lado por tres meses para venirse a ayudarnos, y luego le expliqué que a veces sin ser su intención me estaba haciendo sentir un poco mal pues como que se molestaba si yo me salía por varias horas y la dejaba a ella en la casa. Le hice ver que debido a lo difícil de mi situación yo quería aprovechar los días en que me sentía menos mal para poder hacer cosas de la vida cotidiana, pero que honestamente notaba que ella estaba más a gusto si yo necesitaba que me estuviera cuidando. Le sugerí que se regresara a su casa por un tiempo y le pedí que volviera cuando comenzara mi radiación puesto que en esa época me podría ayudar más, y le aseguré que, mientras tanto, yo estaría bien con la ayuda de Adela y de todos mis amigos. A ella le preocupaba lo que iban a pensar mis hermanos si nos dejaba solos estando yo aún en el proceso de recuperación, pero yo le hice ver que lo que ellos pensaran era realmente irrelevante pues, como he dicho, siempre es muy fácil dar opiniones sobre lo que deben hacer los demás pero es muy difícil hacer un sacrificio y dedicar el tiempo de uno a alguna causa.

Después de nuestra corta charla pude confirmar que ella estaba ansiosa por irse y retomar su vida, así que a los tres días consiguió un boleto de avión y se marchó. El día que se fue me dio tristeza verla partir. Iba muy animada de regresar a su casa, con su gente, a su mundo y, aunque yo lo entiendo, me hubiera gustado que se sintiera más contenta a nuestro lado y que me hubiera acompañado durante toda esa etapa difícil. Las circunstancias no lo hicieron posible.

Una vez que se marchó mi mamá, Adela se sintió más tranquila y creo que desde ese día como que me "adoptó" como hija. Fue curioso que cuando regresé a mi casa, después de dejar a mi mamá en el aeropuerto, sentí cierta tranquilidad porque de alguna manera mi hogar volvía a ser el mismo que antes de mi enfermedad: mis dos hijos, Adela y yo.

La época de la quimioterapia fue terrible, como lo describo en el capítulo dedicado a ese tema, pero aquí quiero mencionar que los cuidados de Adela durante todos esos meses fueron realmente extraordinarios. Estaba pendiente de mí a todas horas; se preocupaba de que no me faltara agua en mi mesa de noche antes de dormir; abría las ventanas y las puertas del departamento cada vez que cocinaba para que el olor no me provocara náuseas; lavaba mi ropa y mis trastes separados de los de mis hijos para que no me fueran a contagiar de nada; me hacía comidas especiales para que se me mejorara el sistema inmunológico; me preparaba jugos naturales de zanahoria en las mañanas; me monitoreaba las llamadas telefónicas y las visitas para que no me fueran a cansar demasiado; en fin, la lista es tan larga que quizá necesitaría otro capítulo únicamente para escribirla. En cierto modo, ella tomó el papel de madre y no se fue de mi lado hasta que terminé todas mis radiaciones y me fui a mis primeras vacaciones con mis hijos casi un año más tarde.

Aunque hubo días de fricción y de pequeños problemas, como suele suceder en todas las relaciones, Adela ha sido un ser maravilloso a mi lado. Siempre le estaré agradecida por sus cuidados, su dedicación y el cariño que nos dio tanto a mí como a mis hijos. Yo sé que para ella no fue fácil el dejar a su familia para venir a acompañar y a ayudar a la mía. Para ella fue un sacrificio el dejar su casa, a su hija y a sus nietos, y eso es algo que únicamente lo hacen los seres muy especiales. Ella verdaderamente vivió a nuestro lado todo el proceso de esta terrible enfermedad, desvelándose muchas noches preocupada por mi salud y ocupándose de mantener a mis hijos alegres, bien alimentados y entretenidos. Creo que con todo esto ella se ha ganado un pedacito de cielo porque, aunque recibía un sueldo, hacía su trabajo con amor, dedicación y gusto, y el tiempo que nos dedicó no tiene precio.

QUIMIOTERAPIA

Mi mami tiene quimioterapia. Eso quiere decir que unos soldaditos entran en su cuerpo y atacan todas las células y las matan. Lo malo es que también atacan a las células buenas que hacen que crezca el pelo, por eso ahora mi mami se tiene que comprar muchos sombreros, gorras y bandanas. Pobrecita de mi mami, se siente muy enferma.

Tommy

Durante los dos meses siguientes a mis operaciones tuve que ir muchas veces tanto a ver a los doctores como a hacerme análisis, estudios y pruebas. Por alguna razón, el funcionamiento de mi riñón operado era menor de lo que se había previsto y me estaba creando demoras para poder comenzar con mi quimioterapia. Yo estaba ansiosa de empezar con el tratamiento porque, aunque sabía que iba a ser difícil, prefería sentirme que estaba tratando de erradicar el mal y no seguir asustada pensando que quizá me seguía avanzando.

A la hora de elegir al oncólogo clínico que se encargaría de mi tratamiento, hablé con Tito, mi amigo el patólogo, y con el doctor D. Ellos me recomendaron una doctora que trabajaba dentro del mismo hospital con quien tenían una buena relación tanto personal como profesional y a quien consideraban la persona indicada para mí. La idea de ver a una doctora mujer no me agradó mucho al principio puesto que nunca había tenido una relación médica con ninguna doctora. No dudo de las aptitudes profesionales de mi propio sexo, pero a lo largo de mi vida he tenido mejores relaciones, tanto personales como profesionales, con el sexo opuesto. Después de pensarlo por unos instantes, decidí seguir sus recomendaciones y sacar la cita para entrevistarme con ella, pues sabía que no tenía nada que perder, ya que si no me sentía a gusto buscaríamos a alguien más que me pudiera atender.

El día de mi primera cita con ella, mi mamá me acompañó al consultorio y se quedó esperándome afuera mientras yo pasaba a la consulta. Antes de las revisiones rutinarias la doctora me recibió en su despacho para entrevistarme y platicar conmigo. Me gustó el hecho de que se tomara el tiempo de conocerme un poco antes de examinarme. Conversamos acerca de mi problema, me habló de estadísticas, me dio su recomendación sobre el tratamiento que le gustaría seguir conmigo, también algunas opciones y, después de un rato, terminamos viendo fotografías de sus hijas y de su familia puesto que hubo un lazo de identificación de mujer a mujer.

Como mi apretada situación económica era algo constante en mi mente, hablé honestamente con ella explicándole mi falta de seguro médico y de ingresos. Me miró un tanto sorprendida pues, según me dijo, nunca se lo hubiera imaginado debido a mi profesión y a lo poco que sabía de mí a través de los otros doctores. Después de escucharme determinó que lo mejor sería que la quimioterapia se me administrara en el hospital y no en su despacho, en donde tenía un precio más elevado, y también me recomendó hacerme allá mismo los exámenes semanales de sangre para ahorrar un poco de dinero. Me sentí muy afortunada de haberme encontrado nuevamente con otra doctora que se preocupaba por mi situación personal, pues durante todos los años que llevo viviendo en este país no había tenido la fortuna de relacionarme con médicos tan humanos. Me inspiró mucha confianza, me di cuenta de que era muy profesional además de sensible, y decidí quedarme con ella a la cabeza de mi tratamiento.

Durante esa visita hicimos el horario de mi tratamiento, me habló de los efectos secundarios de la quimioterapia que me aplicaría y me dio la fecha en que recibiría mi primera dosis. Según me explicó, mi tipo de cáncer era muy agresivo y por lo mismo debíamos de atacarlo agresivamente, así que me hizo ver que como resultado de los químicos utilizados se me caería el pelo, subiría de peso, estaría muy cansada y tendría náusea. Me habló de los progresos de la medicina durante los últimos años en cuanto a la minimización de los efectos secundarios, y me dio valor para enfrentar la curación y seguir adelante. De todo lo que me explicó, lo que más me afectó fue cuando me dijo que mis ovarios se iban a dañar y que lo más probable era que no pudiera volver a tener hijos. Me lo dijo como no queriéndole dar mucha importancia al asunto pues sabía que en esos momentos estaba sin pareja y tenía dos niños sanos y preciosos. Ella no sabía que uno de mis grandes sueños en la vida era tener otro hijo a los 40 años. No sé por qué pero siempre lo había pensado, y tanto es así que mis hijos sabían que aunque mami no se volviera a casar, ellos tendrían por lo menos otro hermanito o hermanita en casa. Al enterarme de que ese sueño tan grande se me desvanecía por culpa de esta enfermedad me puse muy triste ya que nuevamente me vino esa sensación de impotencia y esa frustración tan grande que surge cuando uno se cuestiona el porqué del cáncer. De cualquier forma, en esos momentos estaba luchando por sobrevivir y pensé que era más importante estar sana para mis dos hijos que fantasear con tener algunos más, así que decidí que todos los efectos secundarios por los que tuviera que pasar valdrían la pena para tratar de salvarme.

Entre las recomendaciones que me dio la doctora ese día hizo mucho hincapié en el hecho de que debía de tener a alguien que me ayudara con los niños y con la casa porque debía aprender a utilizar de una manera provechosa la poca energía que iba a tener durante los meses de tratamiento. También me sugirió repetidamente comprarme una peluca y pañuelos lindos para tratar de disimular un poco la falta del pelo. Creo que en ese momento le preocupaba más a ella que a mí lo que me produciría ver mi cabeza pelona.

Antes de concluir la consulta vino una enfermera especializada a revisar mis venas para asegurarse de que lucían bien para recibir la quimioterapia. Infortunadamente no le parecieron buenas, así que ella y la doctora hablaron conmigo y me explicaron que era necesario que se me instalara lo que llaman un puerto de distribución. Es un pequeño disco de metal o de plástico que se coloca debajo de la piel y que tiene un catéter que se mete por la vena hasta llegar a la vena cava superior que es en donde vacía, por así decirlo, los químicos aplicados. Este aparato debe ser instalado y quitado por un médico especializado en el hospital y requiere anestesia. Mientras ellas hablaban y me daban todas las explicaciones de su decisión, a mi mente llegaban las imágenes de la máquina registradora de gastos y, desde luego, el susto de saber que una vez más tenía que ser internada en el hospital. No me gustó tener que someterme a esto también ya que prácticamente el único lugar en donde aún no tenía cicatrices era en el cuello y en la parte superior del pecho. Por más que traté de convencer a la enfermera de que mis venas eran buenas no lo logré, así que ese mismo día me dieron fecha de ingreso al hospital para hacer este procedimiento. Además de la molestia, ahora añadiría otra cicatriz a mi cuerpo.

Sin duda alguna, lo más difícil que he vivido en mi vida ha sido el tiempo que estuve bajo la quimioterapia. Las sensaciones que experimenté durante esos meses fueron muy duras tanto física como emocionalmente. Es un tiempo del que aún me cuesta trabajo escribir y hablar, inclusive ahora que lo veo retrospectivamente. Aunque mentalmente creía estar preparada para comenzar con el tratamiento, realmente vivirlo y asimilarlo fue un proceso sumamente difícil.

El día de mi primera sesión Antonio llegó a recogerme a mi casa para llevarme al hospital. Esa mañana estaba yo llena de sentimientos encontrados. Tenía miedo, preocupación, angustia y, desde luego, estaba asustada porque no sabía lo que me esperaba. Aunque había leído muchísimo acerca de la quimioterapia y sus posibles efectos secundarios, puedo decir que lo que yo sentí y viví durante ese tiempo no lo leí en ninguna parte. No sé si es que soy una persona sumamente sensible o si mi cuerpo reaccionó de una manera diferente pero, vuelvo a repetirlo, la época de la quimioterapia ha sido la etapa más dura de mi vida y creo que nunca estuve realmente preparada para ella.

Al llegar al cuarto en el que se me administraría el tratamiento, me di cuenta de que había tres personas más recibiendo los suyos. Estaban en silencio recostadas, conectadas a las botellas de los químicos. Eran dos hombres bastante mayores y una ancianita a la que su hija la estaba acompañando. De golpe nuevamente viví esa sensación de ser joven para estar pasando por eso, pero no tuve mucho tiempo para pensar cuando Sheila, la enfermera, empezó a hacerme conversación preguntándome cómo me sentía y explicándome lo que debía de esperar después de haber recibido la quimioterapia y haber salido del hospital. Preparó las agujas, me destapó el pecho para llegar al puerto de distribución y me alistó. Antonio se fue a la cafetería pues había quedado de encontrarse con una amiga a la que hacía tiempo no veía. Yo estaba sumamente asustada y me hubiese gustado que se quedara a mi lado pero no le dije nada. Traté de ser valiente y aunque estuve a punto de llorar no lo hice. Sheila se sentó frente a mí y comenzó a explicarme lo que me estaba haciendo. Parecía que me hablaba en un idioma extraño porque no le entendía bien lo que me decía. Se dio cuenta de mi nerviosismo y llamó a una consejera del hospital para que hablara un rato conmigo y me tranquilizara. Me sentí mejor expresándole mis dudas y mis temores y encontrando respuestas a algunas de las preguntas que tenía. A los pocos minutos empecé a sentir cómo los sueros y los químicos entraban a mi cuerpo, pues una sensación como de haber comido metal comenzó a llegarme al paladar, por la nariz percibía como si me hubiera entrado agua y comencé a hacer respiraciones profundas, traté de meditar y de tranquilizarme. "Todo va a estar bien —me repetía a mi misma—, todo va a estar bien". Estaba consciente de que esos químicos me ayudarían a matar las células malas, pero aun así tenía miedo y estaba preocupada y seguía un poco asustada.

La sesión transcurrió sin mayores percances y dos horas más tarde terminé de recibir mi primera dosis. Yo quería salir del hospital ya e irme a mi casa pues me sentía molesta y rara. Antonio y su amiga subieron por mí pero yo estaba mal y lo que yo menos quería era socializar. Me pareció un poco imprudente de su parte recogerme con ella, pero traté de poner buena cara y ser amable mientras caminábamos hasta el coche. Él se entretuvo un poco más despidiéndose de ella y yo ya me quería ir y mientras lo esperaba comencé a llorar dentro del coche sin que ellos me vieran. En el camino de regreso a casa me sentía mal. Emocionalmente estaba muy frágil y lo que más quería en ese momento era verme protegida. Infortunadamente nadie de mi familia me había podido acompañar, a pesar de que había llamado a mi hermana y a dos de mis hermanos y les había pedido que vinieran a estar conmigo después de que ellos se habían ofrecido a acompañarme si era necesario. Ese día tan difícil y tan lleno de soledad venían a mi mente las razones que me habían dado mis hermanos para no poderme acompañar y me sentía aún peor. Mi hermana me había dicho que tenía una cena que no podía cancelar, y mis dos hermanos me habían dicho que tenían que trabajar. Estaba muy sola en medio de este terrible torbellino, muy asustada e infortunadamente me di cuenta de que aunque la vida se me había complicado tanto repentinamente, los demás vivían su vida sin darse cuenta de la angustia tan grande que yo estaba sintiendo. En ese momento aprendí a valorar el tiempo que me dedicaron quienes realmente me quisieron, y comprendí que el regalo más importante que le puede dar un ser humano a otro es su tiempo.

Como ese día de mi primera sesión era viernes, le había pedido a Tom que se llevara a los niños a su casa para que no me vieran regresando del hospital pues, como era mi primera dosis, yo no sabía cómo iba a reaccionar. Mi mamá se había ido a Texas a arreglar un asunto personal y aunque Adela estaba en la casa yo le había pedido a Antonio que me acompañara esa noche porque quería que alguien me cuidara, estaba angustiada y no deseaba estar sola.

En el coche Antonio me avisó que se iba a ir a cenar con su amiga y que la había invitado a pasar un rato por mi casa. Cualquier otro día no me hubiera molestado pero, bajo las circunstancias en las que yo me encontraba, no me pareció apropiado. Estaba viviendo una de las situaciones más difíciles de mi vida y mi gran amigo pensando en salir a cenar con alguien a quien realmente podía invitar cualquier otro día. Me dio mucha tristeza pues me sentía abandonada por mi familia y abandonada por él a quien yo prácticamente considero mi hermano. Discutimos un poco al respecto, pero yo no tenía ni fuerzas ni ganas de pelear.

Me parece que él nunca entendió que en esos momentos yo lo único que quería era a alguien que me hiciera sentir especial, alguien que me cuidara, que me mimara, que me demostrara que le importaba lo que estaba pasando en mi vida, lo que estaba sintiendo, lo que estaba viviendo, quería sentir que por lo menos para alguien mi bienestar era primordial. Ese día lo que menos quería era tener visitas y mucho menos de alguien a quien yo apenas conocía, lo que quería era descansar.

Llegamos a mi casa, Adela me recibió y se quedó atendiéndome. No quise tomar llamadas pues preferí recostarme en mi habitación. Antonio se marchó y me quedé con un mal sentimiento. Me acosté encima de mi cama y me quedé con la misma ropa que llevaba puesta; al poco tiempo empecé con los vómitos. Mi casa se sentía rara, muy vacía sin mis hijos y estaba muy mal física y emocionalmente.

Esa noche Antonio regresó a ver cómo me encontraba. Entró a mi cuarto y se sentó en la cama junto a mí, sacó mi ordenador, revisó su correo electrónico y cuando terminó de leerlo se salió del cuarto. Al poco rato lo oí viendo la televisión de la sala y después cantando en mi terraza. Me hubiera gustado que se hubiera quedado a mi lado simplemente acompañándome para no estar tan sola, pero para él el estar en mi casa era suficiente compañía. Esa noche me sentí realmente muy sola y muy fuera de mí. No podía dormir y ya entrada la madrugada entre llantos y vómitos, llamé por teléfono a Cristina, mi amiga que vive en Los Ángeles. En cuanto se puso al teléfono comencé a llorar con ella por un largo rato pues estaba muy triste y necesitaba desahogarme con alguien. El precio de aguantarme tantos meses, tantas operaciones, un cambio de vida tan drástico, era muy alto y ese día empezó a notarse. Creo que de todo el proceso de mi enfermedad esa fue la noche más difícil que viví porque finalmente me di cuenta de lo que es enfrentar una enfermedad tan fuerte sin la compañía de la familia. Aún ahora la recuerdo como la noche más sola de mi vida.

Las náuseas eran muy fuertes, a pesar de que me tomé los medicamentos que me había recetado la doctora. No podía aguantarme más de media hora sin devolver el estómago y como no tenía nada que devolver me salía bilis. Después de varias horas del mismo esfuerzo comencé a ponerme débil y empecé a frustrarme de que no paraban los vómitos. Quería mantener la calma pero al menor movimiento ahí estaba de nuevo el vómito. Fueron tres días intensamente difíciles en los que me la pasé de la cama al baño y del baño a la cama.

El segundo día me empezó a entrar un cansancio muy raro. Era una especie de agotamiento sumamente intenso, como si hubiera hecho muchísimo ejercicio y no tuviera más fuerzas en el cuerpo. Recuerdo que me quedaba totalmente inmóvil en mi cama viendo el techo, pensando que no tenía fuerzas ni para mover la mano y coger el control de la televisión para prenderla. La idea de leer algún libro era aún más descabellada puesto que el simple hecho de pensar lo que pesaría el libro me cansaba. Es difícil explicar el agotamiento tan grande que sentía.

Ese segundo día mi mamá regresó a Miami para pasar unos días más conmigo, pero antes de mi segunda sesión regresó a México.

El tercer día de la quimioterapia fue el peor. Llevaba ya tres días de vómitos y agotamiento y me empecé a deprimir. Comencé a analizar lo difícil que estaba mi situación y empecé a decaerme. Si durante este proceso he llorado, durante esos días no paré de hacerlo. Ese tercer día y un día de cada sesión de quimioterapia, honestamente, me cuestioné si valía la pena pasar por todo eso o si mejor dejaba los tratamientos a un lado. Ese tercer día y un día de cada sesión me sentía física y anímicamente tan agotada que pensé en darme por vencida y dejarme morir. Es increíble, yo que soy generalmente tan positiva, luchadora y perseverante, ese tercer día y un día de cada sesión sentía que la vida se me escapaba de las manos y que no era capaz de seguir luchando por detenerla a mi lado. Esos días mi única salvación fueron mis hijos pues su compañía, sus palabras de aliento, su cariño, su ternura, y sobre todo su amor, fue lo que me dio la fuerza que necesitaba para no dejarme vencer. Esas personitas tan especiales hicieron que me aferrara a la vida.

La quimioterapia en sí es la combinación de químicos para combatir las células cancerosas. Lo malo del tratamiento es que ataca todas las células que se multiplican rápidamente, aunque no sean cancerosas (de ahí la caída del pelo). También puede afectar la médula espinal limitándole la cantidad de glóbulos blancos que puede producir, por lo cual uno está más propenso a contagiarse de cualquier cosa. Por esta razón, las actividades que uno puede realizar mientras está en tratamiento son muy limitadas. No se debe ir a lugares públicos, mantenerse alejado de gente enferma, estar lejos de niños que hayan recibido vacunas, lavarse las manos constantemente, no compartir prendas íntimas con nadie y, en fin, se deben tener precauciones excesivas para no exponerse a un contagio. Aunque generalmente después de terminada la quimioterapia las células buenas comienzan a multiplicarse nuevamente, es necesario que mientras uno está pasando por esta, se hagan conteos semanales de sangre. Aunque quizá los conteos sean lo menos dramático del proceso, el tener que acudir a la clínica al menos una vez a la semana, a que me sacaran sangre, no era muy agradable que digamos. Hubo varias veces en que me tocaron enfermeras nuevas que no tenían mucha experiencia con agujas y que tuvieron que picarme más de una vez antes de poder obtener la muestra necesaria. Si el conteo estaba más bajo de lo aceptable, entonces mis viajes al hospital se tenían que repetir dos o tres veces por semana. Todos estos conteos se realizaban en el hospital, justamente en el mismo cuarto en el que se me administraba la quimioterapia, así que inconscientemente mi mente creó una conexión con el lugar que hacía que me sintiera un poco mal apenas llegaba al cuarto. En una ocasión mi conteo bajó tanto que fue necesario que me hicieran una trasfusión de sangre, la cual me la dieron ahí mismo.

Durante los cinco meses que recibí quimioterapia, todos los aspectos de mi vida se vieron muy afectados por la severidad de los tratamientos. Como he escrito antes, debido a que mi cáncer había sido muy agresivo, el plan de ataque era igualmente agresivo y cuando los doctores me lo dijeron, antes de comenzar a administrármelo, realmente se quedaron cortos en su explicación. Muchos días me cuestioné qué me mataría primero si el cáncer o la quimioterapia. Las náuseas, los vómitos, el asco, el cansancio, el sueño, la fatiga, los dolores en las piernas y la depresión al verme físicamente mal, cansada, inflada, hinchada, descompuesta y pálida todos los días, hacía que la sensación de malestar se agudizara. En resumidas cuentas, con ese tratamiento sentía que me estaban matando antes que devolverme la vida.

El ciclo de mi quimioterapia era de una dosis cada tres semanas. Generalmente la primera semana la pasaba, como digo yo, en "la nebulosa", ya que mis días consistían en dormir, vomitar, intentar levantarme, dormir y vomitar nuevamente. La segunda semana las náuseas disminuían, pero el cansancio y los dolores de piernas se apoderaban de mí. La quimioterapia dañó los músculos de mis piernas y comenzó a costarme mucho trabajo el estar de pie y caminar. Fui muy afortunada al contar con los masajes de piernas que me daba mi amiga Isabel ya que aminoraban un poco el dolor, sobre todo durante los primeros días de cada sesión. La tercera semana, que era cuando me sentía mejor y debía servir para recuperar mis fuerzas antes de volverme a someter a la misma tortura, la aproveché para irme con mis hijos a La Isla Morada. Ubicada al sur de Miami y con acceso en automóvil, la isla representaba el contacto directo con la grandeza de la naturaleza. En uno de mis viajes anteriores había descubierto un pequeño hotel justo a la orilla del mar. Nada elegante ni comercial, los bungalows del lugar cuentan con su propia cocina y baño dentro de las habitaciones que, además de ser bastante amplias, tienen unas terrazas muy grandes. En ese lugar mis hijos disfrutaron recogiendo conchitas y caracoles de la arena, nadando, jugando baloncesto y tenis, pescando desde el muelle y, desde luego, viendo las transparentes y cristalinas aguas del océano. Yo me sentaba en un camastro y me quedaba viendo la inmensidad del mar por horas, simplemente pensando, agradeciendo y reflexionando. Con estos viajes tuve la oportunidad de crear una conexión espiritual muy fuerte entre mi persona, el ser Supremo y la naturaleza. Pude descubrir muchas facetas de mí misma que desconocía hasta el momento y tuve tiempo de reflexionar y tratar de entender las diferentes lecciones que estaba aprendiendo al estar padeciendo cáncer. Tuve suerte al tener el privilegio de poder acudir a la isla durante mi terapia ya que el contacto tan directo con la grandeza de la creación enriqueció mi espíritu y me dio la fuerza necesaria para continuar esta etapa difícil.

Durante el período de recuperación de mis operaciones y antes de comenzar con mi primera quimioterapia fui a una comida en casa de mi amiga Aída que quería inaugurar su nuevo condominio. Recuerdo que ese día yo no tenía muchos ánimos de salir de mi casa pero mi mamá insistió en que me haría bien para distraerme un poco y salir de la monotonía. Aída es toda una mujer de negocios, muy positiva y luchadora, a quien admiro mucho y siempre tiene invitados muy interesantes en su casa, así que ante su insistencia mi mamá me llevó un rato para allá. En esa comida conocí a Lilia, una señora muy linda y elegante, que durante muchos meses se convirtió en otro de mis ángeles protectores.

Desde ese primer día en que nos conocimos encontramos muchas afinidades entre ambas y desarrollamos una muy buena amistad. Ella es una persona que fuera de ser bella es un ser espiritual muy iluminado que nos ha regalado, a través de sus libros y pláticas, una gran cantidad de información y conocimiento del plano esotérico.

Desde el principio de nuestra relación me tomó un aprecio muy especial y estuvo muy pendiente de mi salud, de mi progreso y de mis curaciones. El regalo más bonito que me dio durante mi tratamiento fue el de su tiempo ya que, además de venir a la casa muy seguido a hacerme compañía, se ofreció a acompañarme a mis quimioterapias para ayudarme a meditar mientras las recibía. Una vez que la enfermera me conectaba a los químicos, Lilia y yo cerrábamos los ojos, me tomaba de la mano y me ayudaba a visualizar los sueros como portadores de la salud que me ayudaban a combatir el error que se había producido en mi cuerpo. Me enseñó a saber recibir el tratamiento con amor y a bendecirlo por ser parte integral de mi proceso de sanación. Durante estas sesiones, su voz me guiaba por un camino de paz y armonía e incluso un par de veces me llegué a relajar tanto que sentía que la limpieza de las células era también la limpieza de mi alma. Como en el cuarto en el que se me administraba la quimioterapia siempre había otros pacientes, las meditaciones las hacíamos en voz muy baja para no molestar a los demás. A partir de mi segunda sesión tuve la fortuna de haber estado siempre acompañada por más de una persona allegada a mí mientras recibía mis tratamientos, ya que, además de Lilia, Juan estuvo ahí a mi lado, y mi papá y Ricardo, mi hermano, se turnaron para visitarme durante esos días. Eso sí, apenas llegábamos al momento de las agujas ellos siempre encontraban un pretexto para bajarse a la cafetería a esperar que se pasara el tiempo. Yo lo entiendo ya que, aunque los hombres son el sexo fuerte, creo que dentro de los hospitales son el sexo débil.

Con esas relajaciones y meditaciones aprendí a comunicarme con mi cuerpo, con mis células, incluso con las más pequeñas y diminutas, y les pedía y ordenaba su curación. Comencé a entender la importancia de la meditación para el restablecimiento armonioso de mi cuerpo y aprendí más acerca de la protección, presencia e importancia que tienen los ángeles guardianes en nuestras vidas. Durante todo mi proceso de sanación me encomendé a mis ángeles guardianes a quienes les pedía guía y protección. Lo más sorprendente de todo es que verdaderamente los resultados de su protección y generosidad no se han hecho esperar. Siempre he sabido que soy una persona muy afortunada, que camino por este mundo bajo la protección de mi ángel de la guarda, y ahora, con esta enfermedad, me he dado cuenta de que hay todo un batallón de ángeles cuidándome y protegiéndome desde el más allá. Siempre me he considerado una persona espiritual, que basa su vida más en lo intangible que en lo tangible, pero siento que con esta enfermedad me he acercado mucho al ser Supremo y a la grandeza y magnitud de su bondad. Si bien durante mi vida me he cruzado con personas buenas y generosas, durante mi proceso de sanación he recibido innumerables bendiciones y he constatado en primera instancia que la mente desempeña un papel muy importante dentro de la salud del ser humano, ya que con nuestra mente somos capaces de atraer o alejar enfermedades. Aunque científicamente no hay modo de comprobar si esto es cierto o no, yo prefiero creer que lo es, y siento que el resultado de mi entendimiento lo estoy empezando a ver ahora que he salido de aquella etapa difícil.

Desde mi punto de vista muy personal, pienso que la relación entre el cuerpo y la mente es esencial para la curación de cualquier tipo de enfermedad, y he entendido durante este proceso que nosotros mismos nos causamos inconscientemente las enfermedades y el daño a nuestro cuerpo. Esta es una realidad fuerte y dura de aceptar, sobre todo si como personas no nos gusta hacer el mal, pero estoy convencida de que nuestro modo de vida tan agitado, el estrés al que estamos sometidos, las presiones, las preocupaciones, la falta de una alimentación adecuada y las prisas, son algunos de los factores que contribuyen al desequilibrio de nuestro cuerpo y a la manifestación de las enfermedades. De una manera igualmente importante, me parece que los rencores, los enojos, los malos sentimientos, los corajes, las tristezas, las penas, el dolor y todas las energías negativas que no canalizamos correctamente contribuyen a nuestro daño físico.

Aunque no hay una manera médica de comprobar la relación entre alma y cuerpo, una actitud positiva ante la vida es indispensable para combatir y superar cualquier tipo de enfermedad. Hay muchas cosas en la vida que no se materializan, que no son tangibles pero existen y simplemente lo sabemos y aceptamos. El amor, por ejemplo, es un sentimiento que simplemente experimentamos y nos llena de felicidad, alegría y satisfacción. Creo que de igual manera se manifiesta la curación, ya que si vivimos una vida armoniosa y sana, la felicidad se refleja en nuestros cuerpos, en nuestra salud.

Claro está que esta es una opinión personal. Habrá quienes crean en esto y quienes no, pero a mí me sirvió creerlo y tengo la tendencia a hacer en la vida lo que creo que me sirve a mí aunque no siempre sea lo más convencional.

Durante los meses de quimioterapia todas mis actividades se vieron realmente reducidas pues mi nivel de energía era muy bajo. Tuve que aprender a disminuir el número de cosas que podía hacer cada día. Las pocas fuerzas que me quedaban quería utilizarlas para conversar con mis hijos cuando regresaban de su escuela o de su campamento de verano, y por primera vez en mucho tiempo aprendí a decir que no cuando no me apetecía hacer algo. También en esos momentos fuimos muy afortunados porque gracias a la generosidad de mi amigo Raúl, el director del campamento de verano de tenis, mis hijos pudieron acudir a este diariamente y él mismo se encargaba de recogerlos todas las mañanas. Para mis hijos ese verano fue muy especial, pues eran en cierto modo los consentidos del director, y eso hacía que su interés por sobresalir en el deporte fuera mayor pues querían que tanto Raúl como yo estuviéramos orgullosos de ellos.

Como soy una persona muy social, una de las cosas que me costó más trabajo hacer fue aprender a no contestarle el teléfono a todas mis amistades y pedirles que no me visitaran si no tenía fuerzas para mantener una conversación. Nunca me ha gustado decirle a alguien que no me venga a ver o que no puedo recibirlo, pero bajo esas circunstancias me vi obligada a limitar el tiempo que podía pasar con alguien que no fueran mis hijos. Soy muy afortunada porque cuento con mucha gente bella, linda y desinteresada alrededor mío y eso en la vida es realmente lo que vale la pena porque es lo que enriquece nuestras almas y nuestras vidas.

Reflexionando un poco acerca del tiempo de quimioterapia, me parece importante enfatizar que los cuidados y el cariño que uno se pueda tener a sí mismo son indispensables para un pronto restablecimiento. Durante ese tiempo fue importante para mí reflexionar y acercarme a mi ser interior así como aprender a sanar mi espíritu pues creo que una vez que logré hacer eso mi cuerpo comenzó a curarse. Me parece importante recalcar que durante ese tiempo me fue indispensable desconectarme de tanta cosa mundana, trivial y sin importancia que podría absorber la poca energía con que contaba. Creo que es importante para la gente que está alrededor de un enfermo entender que el enfermo necesita su tiempo y su espacio, y que eso no quiere decir que no se aprecie la compañía, las buenas intenciones y el cariño, pero en mi caso hubo muchos días en que necesitaba estar sola, simplemente para no agotar mi energía.

La quimioterapia es un proceso muy duro y no me canso de repetirlo porque así lo fue. En distintas ocasiones me hablaron tanto los médicos como las enfermeras de los grandes progresos que se han hecho en este tratamiento durante los últimos 20 años. Yo no quiero ni imaginarme lo que la gente habrá tenido que sufrir para salir de este terrible mal con un tratamiento más brutal que el que yo recibí. Aún ahora me cuestiono si me volvería a someter a todo esto si el cáncer regresara y, honestamente, no tengo una respuesta. Además de que físicamente es agotador, mentalmente es igualmente difícil. No solamente me sentía enferma, estaba también muy cansada, sensible, irritable, susceptible, totalmente calva, sin cejas ni pestañas e hinchada. Como si la brutalidad del tratamiento no fuera suficiente, poco a poco, al pasar las semanas, comencé a notar que mi ropa me quedaba más apretada y finalmente terminé el tratamiento con doce libras extras.

Además de pasar por toda esa tortura, al final del tratamiento me encontraba gorda y sin pelo y, aunque estaba consciente de que esto era simplemente temporal, mientras lo estaba viviendo esa era mi realidad, una realidad un tanto difícil de aceptar.

"ES SOLAMENTE PELO"

Cuando mi mami tenía el pelo largo se veía mejor. Cuando tenía el pelo corto se veía más mal. Cuando tenía el pelo largo en las fotos se veía siempre sonriendo y contenta pero cuando tenía el pelo corto en las fotos se veía más triste. Ahora que no tiene pelo en las fotos se ve muy cansada y enferma.

Izzy

Desde la primera vez que visité a la oncóloga y me explicó en qué consistiría la quimioterapia que iba a administrarme, me confirmó lo que venía sospechando desde que supe que tendría que someterme al tratamiento, y era el hecho de que, debido a la utilización de cierta droga, perdería el pelo. En esos momentos y con la angustia de luchar para seguir viviendo, la pérdida del pelo no era cosa que realmente me afectara o me preocupara, o por lo menos así lo creía. Siempre supe que era una mujer privilegiada ya que nací con una cara de facciones bonitas y bien definidas pero a pesar de eso nunca he sido una persona vanidosa. El pelo, pensaba yo, va a volver a crecer y aprovecharía el hecho de que se me cayera para hacerme un peinado corto medio loco que siempre se me había antojado y no me había atrevido a lucirlo.

Como había leído bastante acerca del cáncer y sus métodos de curación desde que comencé mi jornada, decidí cortarme el pelo poco a poco para que mis hijos se adaptaran a mi cambio de apariencia. Cuando me descubrí el tumor, el pelo me llegaba casi a media cintura, así que incluso antes de las operaciones decidí que me hicieran el primer corte dejándomelo tan sólo justo arriba de los hombros. La estilista, que durante ese año me había peinado varias veces cuando tenía algún compromiso importante, se sorprendió al escucharme pedirle que me cortara el pelo pues a esas alturas ella no estaba al tanto de mi problema y decidí explicárselo, ya que ella sería la que me raparía la cabeza eventualmente. Se conmovió al enterarse de mi situación y me expresó su preocupación por la reacción de mis hijos. Me deseó suerte y me hizo un corte de pelo muy lindo que me hacía verme y sentirme más juvenil. Ese mismo día, después de cortarme el pelo, recogí a mis hijos de la escuela y ambos me dijeron que les gustaba mi nuevo corte. Izzy me pidió que la llevara con la misma estilista para que también a ella se lo cortara como a mí. Eso me conmovió enormemente, porque yo sé que durante mucho tiempo lo que ella más deseaba era tener su pelo largo. A ella le gustaba pasar horas enteras cepillándose el pelo e intentando cepillar el mío, con la intención de que nos creciera más rápido. Yo sabía que al pedirme que se lo cortaran, lo estaba haciendo por solidaridad y como apoyo hacia mí ya que siempre la gente nos dice que nos parecemos mucho y ambas nos sentimos muy orgullosas de que así sea. La abracé fuertemente y al día siguiente la llevé a cortarse su pelo. ¡Quedamos con el corte igualito!

Después de la primera semana de quimioterapia empecé a ver cómo se me caía un poco el pelo, no era nada drástico pero sí lo notaba al cepillarme o al bañarme. Un día llegó mi mamá con unos paliacates y unas mascadas de regalo para cuando necesitara cubrirme la cabeza y decidí empezar a utilizarlas para acostumbrarme, además para esa época los paliacates estaban de súper moda.

Dos semanas después de mi primera dosis me dolía el cuero cabelludo de una manera extraña; era como si me doliera la raíz del pelo, como cuando me cambio el sentido del peinado al lado opuesto al que estoy acostumbrada, pero apenas me tocaba el pelo se me caían los mechones completos. Una mañana llamé a mis hijos a mi recámara y los dejé que me jalaran el pelo y que se quedaran con grandes mechones en sus manos y los tiraran al basurero. Ellos lo hacían entre sorprendidos y asustados. En ese momento sabía yo que el día de quedarme calva me estaba llegando.

Esa misma semana, una mañana, me metí a bañar antes de salir a darme una vuelta a la oficina. Cuando me sequé la cabeza y comencé a peinarme sentí algo muy extraño. Arriba, en la parte más alta de la cabeza, tenía como dos agujeros del tamaño de un puño y mi piel era totalmente blanca. No lo podía creer porque había perdido mucho pelo de golpe y tenía realmente huecos calvos en mi cabeza. Me senté en mi tocador frente a mi espejo y comencé a llorar. Lloré mucho, pero lloré en silencio porque no quería que mi mamá, Adela o mis hijos me escucharan. Ahora sí, aunque lo estaba esperando, el verme ya calva era difícil. Después de unos minutos de angustia me armé de valor y salí de mi habitación con la cabeza cubierta por mi paliacate rosa. Llamé a Sandra por teléfono y le pedí que me acompañara al salón de belleza para que me raparan la cabeza pues había llegado el momento de hacerlo. De camino hacia allá le conté lo que me había sucedido en el baño y se mostró un poco incrédula, quizás pensó que exageraba. Mi estilista nos recibió y nos saludó muy amablemente, y como me vio con el pelo por debajo de mi pañuelo rosa pensó que me estaba anticipando a la necesidad. Queriendo aminorar mi situación nos habló de una conocida de ella en París que pasó por la quimioterapia pero nunca se quedó calva. Sé que lo hacía por animarme y le agradezco sus buenas intenciones pero en cuanto me quité el paliacate y me vieron entendieron que debía raparme. Al ver sus expresiones, me di cuenta de que tanto ella como Sandra se sintieron mal al ver cómo tenía las calvas en la cabeza. "Es sólo pelo, te va a volver a salir", me decían, y esa fue la primera vez que oí esa frase que me seguiría durante los próximos ocho meses de mi vida. "Es sólo pelo". Así es. Únicamente pelo. Pelo que con el pasar del tiempo crece y vuelve a salir, pero que en ese momento es la representación física más real y visible de la enfermedad que tenía y estaba tratando de combatir. Mi calvicie equivalía a "tengo cáncer".

Parecería tonto quizás el dedicarle un capítulo completo de mi libro al pelo, o más bien a mi falta de pelo, pero así le dediqué tiempo durante el transcurso de mi curación. Los primeros días fueron difíciles. Difíciles porque no estaba acostumbrada a mirarme en el espejo por las mañanas y verme totalmente calva. Difíciles porque no estaba acostumbrada a tener que cubrirme la cabeza antes de salir de casa. Difíciles para mis hijos porque nunca habían visto a su mamá calva. Difíciles para mis amigos porque, aunque todos sabíamos que era "simplemente pelo", durante ese transcurso de tiempo la falta de pelo es la afirmación del cáncer, y si bien el hecho de que se caiga el pelo es debido a los químicos tan potentes que están tratando de matar las células cancerosas que pudieran quedar en el cuerpo, la falta de pelo es la existencia y el recordatorio de ese terrible mal.

Poco a poco fui armándome de valor y destapándome la cabeza en público pero no fue algo fácil de hacer. Aunque en mi casa estuve "al natural" desde el principio, era difícil presentarme calva ante mis amigos, conocidos y desconocidos. Las expresiones de la gente muchas veces dicen más que las palabras y, si bien "es simplemente pelo", muchas veces las personas se sienten incómodas ante esta situación y no saben cómo reaccionar o qué decir. Hubo quienes trataban de disimular que la imagen mía calva no les molestaba pero no me veían de frente. Había quienes me decían que me veía muy bien pero sé que lo hacían por compromiso ya que durante todo ese tiempo yo también tenía espejos y, aunque al principio "solamente fue el pelo", poco a poco las cejas y las pestañas también fueron desapareciendo. Antonio comenzó a llamarme "Calvis", y le gustaba darme besitos en la calva, y hubo una amiga que prefirió no volverme a ver hasta que tuviera pelo nuevamente porque le pareció muy difícil. A Izzy le gustaba tocar mi calva aunque, según ella, yo parecía una extraterrestre, pero Tommy prefería no tocarme la cabeza porque decía que le daba una sensación extraña.

Poco a poco tuve la nueva afición de comprar pañuelos de todos los colores, que me combinaban con la ropa que me ponía. Los meses de calor son muy duros aquí en Miami y si bien se me antojaba andar sin nada en la cabeza, no siempre tenía el valor de hacerlo. Ahora me doy cuenta de que el simple hecho de destaparme la cabeza ante los demás era también parte de un proceso emocional que se lleva a cabo durante el tiempo de curación.

Un día que no me sentía tan mal hice el esfuerzo de llevar a mis hijos a un centro comercial porque Tommy quería comprarse un par de zapatos deportivos. Estando ahí comencé a sentirme un poco mal y tuve que sentarme en una banca por un momento; tenía la sensación de que me iba a desmayar puesto que me acaloré mucho. Mi primer instinto fue quitarme el pañuelo de la cabeza como para refrescarme un poco. En ese momento una señora mayor se me quedó viendo de una manera que me molestó un poco pero traté de ignorarlo y concentrarme en no asustarme porque estaba sola con los niños. A los pocos minutos la señora estaba con otro grupo de personas y mis hijos y yo nos dimos cuenta de que nos veían y se decían algo. Al poco tiempo caminaron cerca de nosotros y no dejaban de vernos, entonces Tommy le dijo a la señora: "Mi mami tiene cáncer y se siente mal. Por favor, deje de mirarla así". Yo me sorprendí un poco por su reacción pero desde el principio Tommy ha sido muy protector conmigo. Sin embargo, a pesar de haber tenido esa reacción un tanto negativa por parte de estas personas, puedo hablar de muchas muy positivas. Una que se me viene a la mente en este momento fue la que me sucedió cuando Raúl, mi amigo el director del campamento de tenis de mis hijos, me llamó para invitarme a comer. Yo no lo había visto en algún tiempo y no tenía muchos ánimos de salir a comer a la calle pues ya no tenía pelo y me sentía mal, como le comenté. Insistió en recogerme para llevarme a almorzar, así que acepté aunque un tanto dudosa de mí misma. Cuando llegó por mí, después de abrazarme, me dijo que me tenía preparada una sorpresa como solidaridad conmigo. Me le quedé viendo y se quitó la gorra que traía puesta y, ¡vaya sorpresa!, se había rapado la cabeza. Fue realmente un lindo detalle de su parte.

Un día finalmente me animé a buscar una peluca. Juan se ofreció a llevarme a comprarla ya que, según él, sabe lo que me queda y no me queda bien. Cuando grabábamos mi programa de "Fútbol con Mayte", él era el productor general, pero desde que comenzamos a trabajar juntos se dedicó a hacerme lucir mejor en pantalla. Siempre me decía qué me quedaba bien y qué no, qué colores y qué trajes eran buenos para mí y cuáles no, así que lo dejé seguir con su fantasía de "coordinador de imagen". Yo, la verdad es que era un poco renuente porque no estaba muy convencida de que me la iba a poner, pero me pareció interesante experimentar un "nuevo *look*".

Fuimos a una sala de belleza que me recomendó una muchacha que conocí durante una de mis sesiones de quimioterapia. Ella también estaba pasando por lo mismo y su doctor la había recomendado ahí. El señor que nos atendió era muy simpático y me ayudó a probarme varias pelucas antes de decidir cuál llevarme. Opté por una de pelo corto de un color parecido al mío pero de un corte totalmente diferente a lo que estaba acostumbrada a usar. Era un corte chiquito y con muchas capas que hacían que el pelo se levantara en el copete y se quedara de punta. Esa fue la que escogí, ya que quería algo totalmente diferente a lo que usaba antes; quizá buscaba algo que me ayudara a iniciar una nueva realidad y me hiciera olvidar lo que estaba viviendo. No lo sé. La compra de la peluca fue un tanto absurda ya que en realidad no le di mucho uso. No creo haberla utilizado ni media docena de veces. Me la puse únicamente para un par de juntas de negocios y alguna que otra reunión con clientes que no sabían de mi situación, pero la verdad es que no estaba acostumbrada a traerla puesta y me sentía rara con ella pues pensaba que si hacía algún movimiento brusco saldría volando y la gente se reiría de mí. Durante los días que me la puse, Juan se encargaba de arreglármela a cada rato y me repetía constantemente lo bien que lucía con ella y eso me daba más confianza en mí misma puesto que Juan es bastante franco en ese aspecto y si a él le gustaba yo me sentía segura de traerla puesta. De todas maneras, prefería no ponérmela pues nunca pude acostumbrarme a ella.

La pérdida del pelo durante los meses de "quimios" es como un sube y baja. Primero se cae por pedazos, luego sale un poquito y después se vuelve a caer, así que decidí dejar que algunos de mis amigos me raparan la cabeza. Eso sí que fue un gran evento en mi casa ya que a mis hijos les encantaba llenarme la cabeza de crema blanca para rasurar y dejar que Antonio o Raouf me afeitaran.

El tema de la calvicie es raro. Bajo circunstancias normales, uno no le pone tanta atención a la caída del pelo, incluso tengo muchos amigos que como han perdido gran parte de su cabellera han decidido raparse a ras y lucir calvos. Me gusta como se ven, pero su situación es diferente. Lo de ellos ha sido un proceso de la naturaleza que sucedió poco a poco, no se quedaron así de la noche a la mañana, y aunque no todos están muy conformes con su situación, ahí sí que no es nada más que pura vanidad. Lo mío no era así, lo mío era la representación y el recordatorio de la presencia de ese terrible error que es el cáncer y el no tener ni un solo pelo fue definitivamente una etapa difícil.

SENTIRME MUJER

*Como mi mami no tiene pelo parece una extraterrestre. Se ve bonita pero
como una extraterrestre bonita pero de todas maneras me asusta.*

Izzy

*Cuando veo sus cortadas me siento mal. No me gusta verlas porque
siento algo raro y me preocupo mucho por ella.*

Tommy

Al momento de descubrir el cáncer llevaba lo que yo considero una vida "normal", dentro de lo que a la vida normal
de una mujer contemporánea se refiere. Tres años antes me
había divorciado de mi segundo marido, el padre de mis
hijos, y me había mudado a Miami con la ilusión y el entusiasmo de establecer un negocio que me permitiera vivir
bien, creando un patrimonio para nosotros tres.

Mi vida íntima era lo que yo considero "buena" dentro
de mis circunstancias y de lo que me ha tocado vivir. La primera vez me casé, a los 21 años, y aún no entiendo ni por
qué lo hice pues nunca estuve enamorada de mi primer
marido pero era joven e inexperta y estaba buscando una
excusa para salirme de mi casa. Fui virgen hasta mi luna de
miel, y desgraciadamente la segunda noche comenzaron mis
problemas cuando arrestaron a mi marido en una discoteca
en Acapulco, pero esa ya será historia de otro libro. Crecí
bajo una educación muy estricta, tanto en mi casa como

en mi escuela. Acudí al mismo colegio católico de monjas desde prekínder hasta que terminé mi bachillerato. Sexo fue algo de lo que nunca se habló en mi casa y que muy raramente comenté con mis amigas. La adaptación a una vida sexual plena o activa ha sido algo que en mi caso ha tomado tiempo. Me divorcié la primera vez antes de cumplir el segundo año de casada y por presión familiar más que por decisión propia, obtuve la anulación papal.

Continuando con mi búsqueda de la felicidad, me casé nuevamente cuatro años más tarde pero, con mi segundo marido, aunque tuve dos hijos, las relaciones íntimas eran muy esporádicas, lo cual creó uno de nuestros mayores conflictos.

El comenzar a salir con muchachos de mi edad después de prácticamente no haber tenido mucha experiencia en relaciones íntimas ha sido en sí toda una aventura. He tenido desde la cita más inocente a tomar un café y platicar, hasta la cita más extravagante y, claro está, he pasado por toda la gama de invitaciones a cenar, salidas al cine, decepciones, frustraciones, relaciones alegres y emocionantes e incluso un par de noviazgos que no llegaron a nada serio.

Al momento de enterarme de que tenía cáncer estaba atravesando un período de "sanación emocional", por decirlo así. Unos meses antes creí haberme enamorado de alguien a quien llegué a considerar como "el hombre de mi vida". Me gustaba física y emocionalmente, me agradaba su presencia y su compañía y me parecía un hombre inteligente, aunque desde el principio me envió señales mezcladas. Con el tiempo me di cuenta de que aunque sí era amor lo que sentía hacia él, no era el amor de pareja que tanto he buscado, sino otra clase de amor un tanto especial. Si bien los dos nos queríamos mucho, los dos traíamos muchas cargas pasadas y teníamos expectativas diferentes de la vida. El rompimiento de esa relación, que fue lo que yo considero como un *"affaire* emocional" mucho más que físico, me pegó muy fuerte, sobre todo porque habíamos invertido mucho tiempo en la misma.

Para tratar de olvidarlo comencé a salir más, a conocer más gente y a aceptar más invitaciones. El ser una mujer atractiva y sociable me ha abierto muchas puertas, incluso en una sociedad tan superficial y plástica como pueden ser algunos de los círculos en los que por cuestiones de trabajo me muevo. No quiero parecer poco modesta, pero afortunadamente nunca me han faltado invitaciones de hombres apuestos y dispuestos, pero la confianza y seguridad en mí misma, que había logrado adquirir durante los dos años que llevaba viviendo en Miami, se me puso a prueba de una manera muy fuerte con esta enfermedad.

Las operaciones, la convalecencia, la recuperación, la quimioterapia, la recaída y las radiaciones me tenían agotada, agobiada y sin ganas de salir de mi casa. El socializar cuando estaba sintiéndome mal era algo que no me apetecía en lo más mínimo. Yo creo que inclusive pasé por una ligera depresión durante ese tiempo, pues de ser una persona sumamente activa y animada pasé a ser una mujer un tanto insegura, que buscaba refugiarse del mundo dentro de la seguridad de mi casa. Las razones físicas muchas veces me impedían salir, pero algunas veces yo simplemente me sentía con temor de enfrentarme al mundo o de encontrarme a alguien a quien no hubiera visto en cierto tiempo y no me sentía con ganas de dar explicaciones o hablar de mi problema. Cuando la primera operación no podía ni moverme. Con las tres primeras operaciones realizadas el mismo día, la recuperación fue difícil y muy dolorosa. Para removerme el tumor del seno, me abrieron y cosieron el seno derecho; para removerme los ganglios linfáticos me abrieron debajo de la axila del mismo lado, y para la operación del riñón me abrieron el abdomen justo antes del ombligo, en una cortada en forma de ola que se extiende hasta la parte de atrás de mi costado izquierdo. Esta última requirió 56 puntos, así que el malestar físico que sentía cuando estaba recién operada, y aun durante los meses siguientes de recuperación, era intenso.

Durante varias semanas no hice más que recibir visitas tanto en el hospital como en mi casa y me sentía muy a gusto con ello. Con mi dificultad para moverme adopté poco a poco una rutina. Me levantaba a acompañar a mis hijos a desayunar, los despedía para que se fueran a la escuela y me recostaba otro rato. Una hora más tarde me metía a la ducha y me vestía con uno de mis pijamas para estar presentable y recibir a mis visitas. Anticipando mi estadía en cama, antes de ingresar al hospital, me fui de compras de pijamas para levantarme el ánimo; si iba a estar convaleciente y luciendo pálida y demacrada por lo menos lo contrarrestaría con pijamas de colores vivos y alegres. Los collares que mis hijos me hicieron y me llevaron de regalo al hospital se volvieron mis amuletos de la buena suerte en mi recuperación y en los primeros tres meses nunca me los quité. Durante ese tiempo leí varios libros, dormí, descansé bastante, y pasaba varias horas sentada en mi terraza gozando de la maravillosa vista que tengo tanto a la bahía como a la ciudad.

Mis únicas salidas durante los primeros dos meses fueron estrictamente al médico, ya que el paseo en auto me mareaba. Tuve la fortuna de nunca sentirme sola pues durante una temporada conté con mi madre, con algunos de mis hermanos, y constantemente gocé de la compañía de mis amigos quienes se convirtieron en mi familia espiritual. Pero, a pesar de sentir ese amor tan grande por parte de quienes me rodeaban, la muchacha alegre, segura de sí misma, fuerte y valiente que era yo antes del cáncer, se fue convirtiendo en una mujer insegura, débil y un tanto reservada y no entendía por qué. A mí, que me encantaban las fiestas, las reuniones y los eventos, me empezó a entrar una especie de miedo de salir a la calle y era un miedo que ni yo misma comprendía. A pesar de que los médicos ya me habían dado de alta de las operaciones, no me sentía capaz de salir a la calle en esas condiciones. Algo dentro de mí no me permitía sentirme como Mayte. Viéndolo retrospectivamente, pienso que quizá la duda ante mi futuro incierto me provocaba una angustia que a su vez me convertía en un ser frágil e inseguro.

Los meses de quimioterapia fueron muy duros como mujer. Como ya conté en otro capítulo, la pérdida de pelo, aunque era temporal, golpea muy duro la vanidad femenina. Mi autoestima, que finalmente se había fortalecido desde que llegué a Miami, se encontraba nuevamente por los suelos. Desde que comencé mi lucha contra el cáncer había aumentado doce libras de peso, la ropa me quedaba entallada, había perdido, además del pelo de la cabeza, gran parte del de las cejas, las pestañas y el vello púbico. Me miraba en las mañanas en mi espejo y veía el reflejo de la enfermedad que era el constante recordatorio del cáncer. Me arreglaba diariamente para tratar de verme lo mejor posible pero me sentía incómoda y molesta conmigo misma y mil veces me preguntaba si llegaría nuevamente el día en que me sintiera atractiva como mujer.

Pues el día llegó, fue de la manera menos esperada y con la persona menos imaginada. Justamente, una semana después de haber recibido mi última quimioterapia, me habló por teléfono Javier, un queridísimo amigo que vive en Nueva York, para avisarme que vendría a Miami unos días por cuestiones de trabajo. Durante el tiempo de mi enfermedad habíamos mantenido contacto por teléfono y por correo electrónico y me dijo que tenía muchas ganas de verme. Él y yo hemos sido amigos desde nuestra niñez cuando ambos vivíamos en México y aunque siempre sentimos cierta atracción mutua, nunca la expresamos ya que siempre estábamos envueltos en relaciones con otras parejas. Siendo amigos de tantos años, la distancia nunca ha representado un obstáculo para nosotros pues si bien dejamos de vernos por temporadas largas, de una forma u otra siempre nos hemos mantenido en contacto. Nuestra relación a través del tiempo puede ser resumida como la de dos almas que se encuentran esporádicamente y que se mantienen unidas por un cariño espiritual que va más allá de los sentimientos físicos, pues, aunque no se materializa, se puede sentir y palpar.

La primera noche que nos vimos yo acudí a la presentación de su más reciente grabación. Su casa productora estaba promocionando el lanzamiento de su nuevo material discográfico y ofreció un coctel al que acudieron muchas de las personas más influyentes del medio en el que nos desenvolvemos. Como yo sabía que eso iba a suceder, estaba consciente de que acudir a la presentación sería una gran prueba para mí, pues además de verlo a él iba a encontrarme con gente de la industria a la que durante meses no había visto, por lo cual puse mucho empeño en arreglarme para poder lucir lo mejor posible. Me vestí con unos pantalones muy modernos de varios colores y una camisa verde limón de seda muy bonita. Me acomodé la peluca, me puse zapatos de tacón alto, un poco de escote y decidí salir a enfrentarme al mundo.

Al llegar a su conferencia de prensa me detuve en la puerta por unos minutos antes de entrar, pues, la verdad, iba un poco asustada. Me armé de valor y entré al salón donde se presentaría y ahí lo vi, de pie, detrás del podio. En cuanto se dio cuenta de que había llegado acudió inmediatamente a saludarme. Nos abrazamos con mucha fuerza y cariño, y platicamos un momento hasta que me fui a sentar, pues la conferencia de prensa estaba a punto de comenzar.

Aunque esta presentación era un evento relacionado con el trabajo, esa noche fui sin nadie de la oficina porque había decidido que necesitaba empezar a enfrentar mi nueva vida sin depender de la compañía de alguien. Eventualmente, me di cuenta de que esa fue una decisión muy acertada porque a partir de ese momento empecé a recobrar nuevamente la seguridad en mí misma. El haberme enfrentado a mi mundo profesional, el saludar y conversar con personas del medio a las que no había visto durante varios meses, me ayudó a sentirme mejor y a entender que la vida había seguido adelante sin mí y las cosas seguían marchando como lo estaban haciendo antes de mi partida. Cada vez que alguien me felicitaba por mi "nuevo look" sentía como si le dieran un gran masaje a mi ego y yo únicamente agradecía el cumplido y pensaba: "Si supieras que traigo peluca y estoy totalmente calva"…

Al terminar la conferencia de prensa me quedé un rato en el coctel y comencé a socializar. Supe que a pesar de estar pasando por algo tan duro, la vida continuaba y yo debía salir de mi refugio y tratar de integrarme nuevamente a la realidad. Un par de muchachos a los que no conocía se acercaron a conversar conmigo, me dieron sus tarjetas de presentación y me preguntaron si me gustaría salir a tomar un café en alguna ocasión. Ellos no tenían ni la más remota idea de lo que esas invitaciones estaban haciéndole a mi ego, ni de lo que yo estaba pasando en esos momentos. Me sentía muy contenta y nuevamente como pez en el agua, pues después de tantos meses de enfermedad era la primera vez que estaba realmente consciente de que la vida había seguido adelante en mi ausencia y una vez más me sentía feliz de integrarme a ella de nuevo.

Esa noche, con el ego bien masajeado, regresé a mi casa temprano a pesar de que varios de mis amigos continuaron la fiesta en un restaurante. Aunque me habían invitado no quería abusar de mi salida y de cierto modo no quería reventar la burbuja en la que venía metida. Al día siguiente Javier y Gustavo, su productor, que también es un buen amigo mío, me llamaron para invitarme a cenar. Como yo no sabía que iban a estar en Miami durante ese fin de semana, ya me había comprometido con Carolina a salir con nuestros hijos al teatro y a cenar, pues era el cumpleaños de Angie, su hija. Estaba empezando a sentirme animada nuevamente y quería que mis hijos también disfrutaran de mi mejoría, así que no pude aceptar la invitación de mis amigos, pero les propuse vernos después de mi cena para tomarnos un café. Disfruté mucho la salida con Carolina y los niños, pero como en el restaurante el servicio era muy lento, me empezó a entrar el apuro por llegar a mi casa pues había quedado con Javier y Gustavo en que me recogerían ahí, y yo quería cambiarme de ropa, quitarme la pañoleta de la cabeza y ponerme la peluca, además de retocarme el maquillaje. Cuando finalmente salimos rumbo a mi casa, me llamaron al celular para avisarme que ya habían llegado por mí y me estaban esperando. Adiós a los planes de arreglarme mejor, pensé, pero lo importante no era cómo lucía sino que pasaríamos un rato muy agradable los tres viejos amigos.

Como esa salida no la tenía prevista, de último minuto llamé a Sandra para pedirle el favor de que me cuidara a mis hijos, así que ella los recogió para llevárselos a su casa. Mientras llegaba por ellos, Javier, Gustavo y nosotros entramos a mi casa en donde, después de los saludos cordiales, comenzamos a platicar, platicar y platicar. Se fueron mis hijos y nosotros seguimos hablando de mil cosas, mil recuerdos nos vinieron a la mente y comenzamos a ver fotografías nuestras de años atrás. Los tres nos conocemos desde hace tanto tiempo y hemos compartido tantos momentos importantes, en diferentes etapas de nuestras vidas, que no se nos agotaba la conversación recordando anécdotas y reviviendo odiseas. La conversación estaba tan amena que decidimos cambiar los planes de salir a tomar algo y preparamos ahí mismo algo para picar y nos quedamos en mi casa.

Durante todo el principio de la velada Javier se encontraba sentado en un sillón, justamente enfrente de mí, separados por la mesa de centro de mi sala. La luz era baja, se oía el correr del agua de mi fuente y habíamos encendido varias velas. La atmósfera era linda y amena y se podía sentir un ambiente puro y de gran amistad entre nosotros. Me percaté de que en varias ocasiones las miradas de Javier y las mías se cruzaban pero al darnos cuenta de que uno al otro nos veíamos instintivamente volteábamos la vista hacia otro lugar como queriendo aparentar que no nos estábamos mirando. Llegó un momento en que me sentí como colegiala jugando a enamorarse de aquel muchacho guapo de la secundaria.

Ya entrados más en confianza, después de haber disfrutado charlando y viendo varios álbumes de fotografías, comenzamos a platicarnos confidencias más íntimas tanto de relaciones personales, de desengaños amorosos, de aventuras vividas, y de más. La conversación estaba muy interesante cuando Gustavo, habiéndose dado cuenta de nuestro juego de miradas, nos preguntó directamente si alguna vez había habido "algo" entre nosotros dos. A decir verdad, la pregunta me sorprendió un poco porque realmente no me la esperaba, y por un instante nos quedamos pensativos-como queriendo recordar si en realidad había pasado algo alguna vez, pero los dos contestamos un no melancólico y medio nostálgico.

Después de esa pregunta Javier se levantó de su lugar, acercó una de las sillas de mi comedor y la colocó junto al sillón en el que yo estaba sentada. Me puse un poquito nerviosa al sentir que se me había puesto tan cerca, pero les confesé que varias veces yo había soñado que Javier me besaba, sobre todo durante mi adolescencia, y además les dije que esto lo sabía la muchacha que en ese entonces era su novia porque en esas épocas era mi amiga. A ella lógicamente no le gustaban mis sueños pero yo recuerdo que se los platicaba para ponerla celosa. Desde esas épocas yo me había sentido atraída por él.

Gustavo no podía creer lo que yo acababa de decir, sobre todo porque él sabía, por Javier mismo, que yo le atraía también desde hace años, así que me lo dijo y de repente me sentí como en un programa de televisión siendo entrevistada por el conductor ya que Gustavo se levantó de su asiento, se puso en el centro de la sala y comenzó a interrogarnos acerca de nuestros sentimientos mutuos y a analizar lo que cada etapa de nuestras vidas había representado. El juego estaba muy interesante y divertido aunque aún ninguno de nosotros tres nos habíamos dado cuenta de que en ese preciso momento se comenzaba a escribir una nueva historia en nuestras vidas.

Al estar escuchando los relatos de Gustavo un sentimiento muy lindo comenzó a fluir de una manera muy natural. Javier me miraba con mucha ternura y de una forma muy sutil tomó mi mano, la puso entre las suyas y comenzó a besarla. Yo estaba muy contenta y muy emocionada y comencé a sentirme como una quinceañera a quien le besan la mano por primera vez. Gustavo estaba muy posesionado de su papel de entrevistador y continuaba preguntándonos detalles de nuestros encuentros y nosotros pensábamos las respuestas y se las dábamos pero nuestras mentes volaban al infinito.

El apretón de manos dio paso a las caricias del brazo, y al cabo de un rato las caricias del brazo dieron pie al abrazo intenso; el abrazo intenso entremezclado con las miradas profundas y las caricias dieron pie a nuestro primer beso aprovechando que Gustavo había ido al baño. El beso fue largo y lindo, apasionado pero cariñoso y suave; en ese momento me sentí transportada a un mundo nuevo y recordé la gran cantidad de veces en que me había imaginado estar así con él. Se me olvidó mi condición física y me sentí sumamente feliz de compartir ese momento con él. Me abrazó con ternura y me recordó que me ha querido a través de los años y que también él había soñado con ese momento en más de una ocasión. En esa conversación estábamos cuando Gustavo regresó del baño y le bastó una simple mirada para darse cuenta de que algo estaba pasando entre nosotros, y como dice el dicho que se siente mas incómodo el que ve que el que hace, Gustavo decidió que era hora de marcharse, así que llamó por teléfono para pedir un taxi.

Aunque nos sentíamos felices cautivados el uno por el otro decidimos servirnos algo más de tomar y nos salimos un momento a mi balcón a contemplar la maravillosa vista. Ahí afuera, sintiendo el viento soplar, nos abrazamos y nos besamos de nuevo. Me acogía un sentimiento de felicidad plena porque en ese momento volvía a sentir y volvía a vivir.

Desde mi terraza pudimos ver que el taxi que había pedido Gustavo estaba llegando por él, así que Gustavo entró a la sala a recoger su maletín y Javier me abrazó nuevamente y mirándome fijamente a los ojos me preguntó si yo quería que él también se fuera o si prefería que se quedara conmigo. Pensé la respuesta por medio segundo y mirándolo a los ojos de la misma manera, le pedí que se quedara conmigo así que despedimos a Gustavo y nos quedamos solos.

Sin entrar en muchos detalles de una situación realmente íntima puedo escribir que esa noche fue una de las más maravillosas de mi vida. Ni mi calvicie, ni mis libras de más, ni las cicatrices que tengo por todo mi cuerpo, ni mi enfermedad fueron un obstáculo para que me amara. El cariño tan inmenso que nos hemos tenido a través del tiempo me lo demostró esa noche al hacerme suya. Hicimos el amor toda la noche y me sentí tan suya y tan parte de él, como si hubiésemos estado siempre juntos. No se cansaba de repetirme lo bonita que me encontraba, e incluso me besaba la cabeza sin pelo diciéndome que a él no le importaba que estuviera calva porque para él yo era una gran mujer. Esa noche sentí lo que es el amor especial entre dos almas que se han encontrado en la vida y que se reconocen a pesar del tiempo y la distancia.

Después de un par de horas de sueño, me desperté queriendo cerciorarme de que él estaba ahí y no había sido simplemente un bonito sueño. No podía creer lo que había sucedido y tuve que pellizcarme varias veces y verlo ahí dormido a mi lado para convencerme de que era real lo que había pasado. Me sentí tan bien, porque de alguna manera conocí ese amor real y puro y fue la mejor medicina que me pudo dar la vida en ese preciso momento. Esa experiencia inolvidable fue sin duda alguna lo más hermoso que había vivido en mucho tiempo.

Me encontraba junto a él descansando y sintiéndome felizmente realizada cuando él se despertó. Me miró a los ojos, me sonrió y me dijo que estaba feliz de haber amanecido a mi lado. Platicamos un rato antes de marcharse y nos dimos cuenta de que seguíamos envueltos en esa magia en la que habíamos quedado atrapados desde la noche anterior. Eran tan fuertes los sentimientos y las emociones vividas tan intensas que no queríamos separarnos el uno del otro y no podíamos dejarnos de abrazar. Ambos hubiésemos querido que esa noche no terminara tan pronto y que esa mañana no tuviese que comenzar.

De más está decir que vivimos un fin de semana de cuento. Creo que para los dos esta experiencia fue maravillosa, pero para mí, por mis circunstancias, fue lo mejor que me pudo haber pasado puesto que descubrí cómo el amor verdadero no solamente perdura a través del tiempo sino que el aspecto físico no representa un obstáculo para su expresión. Además de haber sido una experiencia única, a mí me sirvió porque me volvió a la vida como mujer. Ninguna medicina hubiera podido sanar mi autoestima como lo hizo ese fin de semana.

Después de tres días llegó el momento de su partida, y él dejó en Miami a una nueva mujer que finalmente sentía y vivía otra vez.

La despedida fue fácil porque ambos entramos a esta experiencia estando muy conscientes de que, aunque nos queremos mucho, lo nuestro no sería una relación permanente porque hay muchas diferencias en nuestras vidas. Aun así, por primera vez en mucho tiempo, no me importó tomar riesgos y decidí vivir un momento que nunca más se repetirá puesto que la vida sigue adelante y cambia, y las circunstancias particulares que yo viví ese día no volverán a ser.

Una vez se marchó, me quedé tranquila y muy contenta pues su presencia durante esa etapa difícil me dejó con una seguridad en mí misma que hacía tiempo no sentía y que me hacía mucha falta. A partir de ese momento nuevamente me sentí bella, deseada, atractiva y querida, pero sobre todo me di cuenta de que aunque el cáncer había cambiado y perturbado prácticamente todas las facetas de mi vida, a partir de ese fin de semana volvía a ser mujer. Íntegra y completamente mujer.

CAMINO A LA RADIACIÓN

Habían pasado casi siete meses desde que me diagnosticaron cáncer de seno y francamente estaba ansiosa por comenzar con las radiaciones porque estas representaban el cierre del ciclo de curación.

En cuanto me dijo mi oncóloga clínica que era el momento indicado de contactar al radiólogo, así lo hice. Tanto ella como Tito, mi amigo el patólogo, me recomendaron al mismo médico, así que llamé por teléfono y saqué una cita para verlo. En esa primera llamada la recepcionista me pasó a la gerente de la clínica, la cual, en tono muy cortante, me notificó que debía llevar trescientos dólares a mi primera consulta porque había que pagarlos antes de que el médico me atendiera. Su actitud me pareció un poco ruda pero pensé que quizás estaba teniendo un mal día y se había desquitado conmigo. La verdad es que no le di mucha importancia puesto que por fin tendría mi cita dos semanas más tarde.

Mi situación anímica estaba bien pero la económica estaba fatal. Hasta ese momento, debía más de 150.000 dólares en cuentas médicas, y por primera vez, desde que comencé con el problema, empecé a preocuparme de mis finanzas. Mi papá me estaba ayudando con algunas cuentas, dos tías me habían hecho unos préstamos y uno de mis tíos se estaba encargando de la colegiatura de mis hijos, pero con todo y esto mi deuda médica era sumamente alta, sobre todo considerando que llevaba meses sin poder trabajar y tenía que seguir manteniendo a mis hijos y mi casa. Repentinamente y como de golpe se me abrieron los ojos y me di cuenta de que me encontraba en una situación realmente apretada.

Llegó el día de mi cita y acudí llena de ilusiones pues veía que me acercaba a la recta final de la carrera por la vida. Al llegar al consultorio, ubicado en un edificio anexo al hospital, tuve nuevamente esa sensación extraña de encontrarme en un lugar en el que nunca pensé estar. Los grandes letreros que anunciaban la entrada a la unidad de oncología y radiación me pusieron los pelos de punta. Un sentimiento como de duda e incertidumbre se apoderó de mí. Paré un minuto, me repetí a mí misma que ya estaba llegando al final del tratamiento, y me di ánimos y valor para continuar. Con todo y esto, me invadió una sensación extraña y no pude evitar que se me llenaran los ojos de lágrimas una vez más. Respiré profundo y entré a la oficina.

La recepcionista me saludó y me indicó que debía ver a la gerente antes de pasar donde el doctor. Al entrar con ella, supe que Sandy era una mujer un tanto amargada. Me revisó con la mirada de pies a cabeza y, sin siquiera levantarse de su silla, me pidió el pago del médico. Yo la miré un tanto sorprendida pues me pareció mucha su dureza. Ella inmediatamente me dijo que era costumbre de ese despacho de médicos el cobrar a los pacientes por adelantado en caso de que ellos decidieran no llevar a cabo los tratamientos ahí mismo. Me enfatizó que si yo decidía no quedarme con ese doctor y buscar otro lugar para mis tratamientos, ellos no se quedarían sin sus honorarios, así que me reiteró una vez más que requería mi pago antes de entrar con el médico. Un poco incrédula y medio molesta sinceramente, le dije que nunca antes le había pagado a un doctor antes de la consulta y que no pensaba hacerlo en ese momento, y le aseguré que pasaría a pagarle al salir del consultorio, pero una vez que hubiese terminado mi consulta. Hablamos al respecto durante varios minutos, cada quien defendiendo su postura, hasta que finalmente y con una actitud bastante renuente me dejó entrar a ver al doctor, no sin antes advertirme que no me fuera a salir por la puerta de atrás sin pagar. Después de ese comentario me sentí sumamente mal. Estuve a punto de salir corriendo del lugar e irme para mi casa, pero me aguanté las ganas de hacerlo, respiré profundamente para relajarme y entré al consultorio. "Qué actitud tan dura la de esta mujer", pensé, pero no podía juzgar a todo un equipo médico por un incidente con la gerente del lugar.

A los pocos minutos una enfermera llegó por mí y me llevó a una sala de espera. Por mucho que trataba de ignorar el incidente no podía hacerlo. Esa mujer me había hecho sentir sumamente mal con sus comentarios, sobre todo en esos momentos en que estaba yo muy susceptible. Sentada ahí, esperando a ser atendida, caí en la cuenta de que aquella vez que se había portado tan grosera conmigo por teléfono no había sido un mal día sino que así era ella, una persona difícil y con muy poco tacto. Por primera vez desde que comencé con el cáncer me topé con una persona dentro del equipo médico que era desconsiderada y con una gran falta de compasión.

Después de estar en el cuarto de espera más o menos una hora, entró nuevamente la enfermera a decirme que me quitara la ropa porque me iba a examinar. El cuarto estaba muy frío, como suele suceder en los hospitales, y me puse la bata que me entregó. Luego de hacerme un sinfín de preguntas y tomarme los signos vitales, me sacó un par de fotografías en el área afectada. Se marchó y me quedé sola nuevamente por un largo rato. Cuántas cosas venían a mi mente, cuántas preguntas me hacía, seguía sin poder creer que yo estuviera ahí sentada pasando por todo eso, era una situación realmente difícil.

Finalmente me atendió el doctor y con él las cosas tampoco marcharon muy bien. Me saludó muy a la carrera y no me dejaba terminar con las respuestas a las preguntas que me hacía cuando ya me estaba formulando la siguiente pregunta. Estaba incómoda y me pareció raro que mientras me revisaba y leía mi expediente atendiera dos llamadas telefónicas personales, así me enteré de que estaba planeando unas vacaciones para la siguiente semana. Me molestó un poco que tratara de arreglar quién cuidaría su casa durante su viaje mientras trataba de atenderme, porque sentí que no estaba respetando mi tiempo como paciente, pero también pensé que quizá estaba yo demasiado sensible y una llamada que antes no me hubiera importado que la hiciera me molestaba mucho en esos momentos.

Después de platicar un poco conmigo y de examinar mis heridas, le dije que tenía mucho interés en que él me tratara porque tenía muy buenas referencias suyas a través de sus colegas. También le expliqué que me había quedado sin trabajo, que no tenía seguro médico, que todo este gasto era muy fuerte para mí, y le pedí que me permitiera establecer un plan de pagos para yo poder cubrirle la cuenta a mi ritmo puesto que lo principal para mí era recibir el tratamiento para mi curación. No sé si por estar con la mente en sus vacaciones no me entendió bien lo que le dije, pero se despidió de mí dándome mi cita para la primera sesión diez días más tarde, y recordándome que debía pasar a ver a Sandy antes de marcharme de su oficina para pagar por mi consulta de ese día. Su comentario me cayó pesado, para este doctor yo era simplemente un cliente más. ¡Qué decepción!

Una vez se marchó del cuarto empecé a vestirme nuevamente y tuve una sensación extraña entre desencanto, enojo, rabia y frustración. Cuántos problemas me habría evitado si tan sólo tuviera seguro médico. Aprendí a ser humilde y a aceptar mi apretada situación económica durante ese tiempo, pero no podía entender la dureza que puede existir en ciertas personas. Me sentí en un lugar en el que yo era únicamente un número, ellos no entendían que yo era una mujer luchando por recuperar mi salud, luchando por salvar mi vida.

Obviamente, antes de marcharme fui a ver a Sandy y le pagué la consulta. Subí a mi auto y empecé a manejar rumbo a mi casa pero en el camino las lágrimas comenzaron a brotar de nuevo. ¡Qué poca compasión y delicadeza en esa oficina! ¡Qué falta de tacto y qué egoísmo tan grande el de este grupo de personas! Por primera vez desde mi diagnóstico me había cruzado con personal médico egoísta y con poco sentimiento humano y me costaba trabajo entenderlo pues yo había aprendido que el cáncer es una enfermedad que enseña el significado de la compasión para quienes la padecemos. Me encontraba en un dilema muy grande puesto que no me sentía con la seguridad de que ese era el doctor que yo quería que me tratara, pero sabía que debía de hacerlo puesto que mi arreglo para obtener una parte de ayuda financiera por medio del hospital era únicamente si mi radiación la hacía con ese grupo médico. Estaba muy confundida, necesitaba poner mis pensamientos en orden y tratar de separar mis sentimientos y ser un poco objetiva.

Al día siguiente me llegó por fax el presupuesto de lo que me costaría la radiación y las indicaciones de pago en las cuales se me exigía la mitad de la cantidad total por adelantado el primer día de mi siguiente consulta. Nueve mil ochocientos dólares únicamente por los servicios del médico y de su personal. Eso no incluía ni las máquinas de radiación, ni los técnicos, ni los rayos x, ni los estudios, eso era únicamente para el doctor y su consultorio. Me quedé fría. Sabía que tenía que recibir el tratamiento puesto que era la parte final de mi curación, pero era mucho dinero lo que me exigían por adelantado y en esos momentos yo realmente no lo tenía. El sentimiento de impotencia que experimenté durante varios días era abrumador. Necesitaba tiempo para pensar cómo iba a poder conseguir el dinero para poder cubrir este gasto tan fuerte.

Después de hacer cuentas, buscar dinero por aquí y por allá y pedir ayuda, llamé a Sandy para tratar de hacer un plan de pagos con ellos, pero de una manera déspota y hasta sarcástica me dijo que únicamente podría hacerle dos pagos por la cantidad total, uno antes de comenzar el tratamiento y otro al terminarlo y que si no tenía dinero o tarjetas de crédito para cubrirlo ella me sugería que buscara a otro médico que se ajustara mejor a mi presupuesto, haciendo hincapié en que si aún así me costaba trabajo encontrar a algún doctor que yo pudiera pagar, considerara irme al hospital público y esperar varios meses para que me atendieran.

Ahí sí que no pude contenerme más y tratando de disimular mi voz llorosa le pregunté nuevamente si dos pagos era lo único que me podía ofrecer, ya que le recordé que era una cantidad elevada, y le pregunté: "¿Qué hace la gente que no tiene el dinero disponible y necesita recibir el tratamiento?". Ella simplemente me dijo que las personas que no tenían el dinero ni un seguro médico se iban o con otros doctores o al hospital del Estado. Me volvió a repetir que no había más que hacer y que me sugería que decidiera pronto si contaba con el dinero o no para seguirme reservando el turno, ya que, de no conseguirlo, mi turno se lo darían a algún otro paciente pues, según me dijo, la lista de espera para curación con ellos era bastante larga.

La frustración, la pena, el dolor, el enojo, el coraje, todo lo que sentía en ese momento fue tan grande que me sentí como un ser infinitamente pequeño, totalmente abrumado por la situación. Sabía muy bien que si quería obtener cierta ayuda financiera por parte del hospital debía quedarme con ese doctor, pero estaba muy descontenta con el modo tan materialista con el que este grupo me estaba tratando. Era una situación bastante incómoda porque yo hubiera querido cambiarme de doctor pero el haber arreglado los trámites con el hospital me impedía hacerlo puesto que no fue fácil conseguir financiamiento a través de su centro de caridad, y yo sabía que en ningún otro lado podría conseguirlo rápidamente. Me costaba trabajo creer que el dinero desempeñara un papel tan importante en esta etapa de mi curación pues no estaba pidiéndole al doctor que me ayudara con una cirugía estética, estaba pidiéndole la oportunidad de recibir la radiación que impediría que mi cáncer volviera. ¡Me sentía tan mal y tan impotente ante esa situación! Estaba muy enojada con Sandy y me costaba trabajo entender que una mujer relativamente joven pudiera ser tan dura con alguien enfermo, que lo único que está tratando de hacer es luchar por su vida. Sentí mucha lástima por ella, cuánta amargura y frustración guardaba dentro de su gordo cuerpo.

Me encontraba en medio de esta situación cuando Carolina, mi amiga, llegó a visitarme y me vio muy preocupada, así que le conté lo que me pasaba. Sus ojos se llenaron de lágrimas, me abrazó y me ofreció llamar a su padre a Alemania para pedirle un préstamo personal para poder cubrir este gasto y terminar mi proceso. Su gesto sumamente noble me hizo recordar que el mundo está lleno de gente buena que me quiere ayudar, y que el hecho de que me hubiera topado con un grupo egoísta no quería decir que mi curación se pararía puesto que, como dice el dicho, "cuando se cierra una puerta se abre una ventana", así que yo sabía que de algún modo podría conseguir el dinero necesario. Afortunadamente no tuvimos que recurrir a su padre puesto que pude contar con el apoyo del mío. A pesar de que mi papá me había estado ayudando económicamente con algunos gastos, esta era una cantidad elevada incluso para él, pero debido a las circunstancias me pidió que le enviara los estimados que me habían dado y que de alguna manera me ayudaría a conseguir el dinero para que pudiera comenzar el tratamiento. Afortunadamente así lo hizo, y 15 días más tarde, y después de un serio contratiempo, pude finalmente empezar a recibir mis radiaciones. A mi padre, por su ayuda, le estoy sumamente agradecida.

CONTRATIEMPO INESPERADO

Anoche mi mami llegó a la casa después de cenar y se sentía muy mal. Estaba apretándose el estómago y se doblaba porque le dolía mucho. Ella se fue a acostar a su cama y yo fui a darle un masaje en la espalda pero después de un rato me dijo que no quería más. Yo me asusté porque a ella le gusta mucho mi masaje. Rey la llamó por teléfono y yo le dije que mi mami estaba muy mal. Al poco tiempo Rey y Phil, su amigo el doctor, vinieron a verla. Cuando llegaron a la casa mi hermanita se fue a su cuarto y se acostó en la cama y empezó a llorar. Los dos estábamos muy asustados pero Phil nos dijo que creía que mi mami tenía piedras en el riñón y que se la iba a llevar al hospital. Nosotros le dijimos que tenemos un vecino que tiene una silla de ruedas y se la fuimos a pedir para bajar a mi mami hasta el coche. Phil y Rey se fueron con ella y nosotros nos quedamos con Adela. Después Phil nos llamó para decirnos que mi mami se iba a tener que quedar en el hospital porque le tenían que hacer más pruebas. Estamos muy preocupados por mi mami.

Tommy

Era martes por la noche y estaba feliz porque después de varios meses por fin iba a salir nuevamente a cenar con Andrew, mi amigo. Desde que mis hijos y yo nos vinimos a vivir a Miami, nos conocimos y empezamos una linda amistad. Como a los dos nos encanta el sushi, teníamos por costumbre salir a cenarlo por lo menos dos veces al mes. Esas cenas las extrañé mucho durante los meses que estuve enferma ya que eran como nuestra tradición y nos encantaba explorar restaurantes nuevos. Aunque el sushi aún no se me estaba permitido por lo bajo de mis defensas, Andrew me invitó a un restaurante elegante, ubicado relativamente cerca de mi casa, para celebrar que había terminado mi quimioterapia y estaba acercándome a la recta final de la curación.

Durante todo ese día había tenido un ligero dolor de estómago al cual no le di mucha importancia, pues pensé que se trataba de una consecuencia de los efectos de la quimioterapia. Mientras cenábamos en el restaurante, el dolor se intensificó al grado que le tuve que decir a Andrew que nos olvidáramos del café y me regresara a la casa. Él, preocupado y tratando de aminorar la situación, me sugirió ir al baño para que "desalojara gases y me sintiera mejor". Me dejó en la entrada de mi edificio y caminé hasta el elevador pero, cuando se abrió la puerta una vez que llegué a mi piso, no podía dar ni un paso más pues estaba doblada del dolor. Entré a la casa, saludé a mis hijos y me dirigí directamente a mi habitación para recostarme en la cama. Comencé a respirar hondo y profundo varias veces tratando de mentalizarme para alejar el dolor pero no me funcionaba. Era tan intenso que le dije a Adela que le tomara la llamada a mi amigo Rey y que le pidiera que llamara a Phil, un pediatra amigo y vecino de nosotros, para que subieran a verme. Quince minutos más tarde los dos llegaron a mi departamento. Phil comenzó a examinarme y le pidió a mis hijos que salieran de mi habitación. Decidió que era necesario contactar a mi urólogo-oncólogo porque él pensaba que mi dolor era algo relacionado con el riñón operado. Una vez que ambos doctores se comunicaron decidieron que lo mejor era llevarme al hospital porque podían sospechar varias cosas pero no sabían exactamente mi problema. Yo, con un dolor terrible, accedí a irme a la sala de emergencias del hospital, no sin antes pensar nuevamente en los gastos que me representaría estar ahí una vez más.

En mi casa había mucho movimiento y lógicamente mis hijos estaban muy asustados. Mientras esperábamos respuestas de los doctores, Tommy se sentó detrás de mí en mi cama y comenzó a darme un masajito en la espalda repitiéndome que me quería mucho. Yo le estaba muy agradecida pero el dolor era tan intenso que hasta el lindo masaje que me estaba dando me incomodaba. Tommy me miró a los ojos y con temor en los suyos me preguntó si me iba a morir. Phil lo escuchó y le explicó que parecía que lo que yo tenía era una piedra en el riñón que se me había formado como consecuencia de la quimioterapia, y le dijo que cuando es así, es más doloroso que peligroso y con eso lo tranquilizó un poco.

Mis hijos me consiguieron una silla de ruedas que le pidieron prestada a unos vecinos y me sentaron en ella, y Phil y Rey me llevaron al hospital. Los niños se quedaron en la casa con Adela y estaban muy asustados los dos, pero yo sabía que con ella acompañándolos se sentirían más tranquilos.

El dolor era muy intenso y lo sentía muy adentro de mi estómago. Durante todo el camino al hospital Phil cogía mi mano mientras hacía oración encomendándome a Dios y pidiéndole que me diera valor para aguantar el dolor. Me gustó mucho su fe y me sentí protegida.

Una vez en el hospital me pusieron en el cuarto de emergencia en donde los doctores comenzaron a revisarme, y poco a poco empezaron a llegar mis amigas a visitarme pues Adela ya se había encargado de pasar la voz de mi recaída. Ya después de la media noche, y habiéndome recomendado con los doctores de turno, Phil se marchó. Sandra se quedó un rato conmigo y me avisó que Antonio estaba afuera esperando para verme. Todo indicaba que era una piedra en el riñón pero aún no salían los resultados de los estudios que me habían hecho. El dolor seguía muy fuerte y no podían darme sedantes hasta que determinaran la causa del problema. Sandra había llamado a mis padres para avisarles que estaba en el hospital y, como no pudo darles muchos informes sobre mi condición, los dos se quedaron un tanto intranquilos.

Era ya de madrugada y le pedí a Sandra que se fuera a su casa porque me preocupaba que con su embarazo estuviera muy cansada. Cuando se marchó, entró Antonio a mi cuarto y se quedó a mi lado durante las próximas 48 horas.

El dolor era terrible y comencé a vomitar. Cada diez minutos, aproximadamente, me daba un espasmo muy fuerte que me hacía retorcer el cuerpo y devolver el estómago. Antonio me ponía la bandeja en la boca y me tenía la espalda mientras vomitaba y me ayudaba a limpiarme la cara. Así pasamos varias horas hasta que el médico vino con los resultados de los análisis y nos informó que no era piedra en el riñón sino una oclusión intestinal. En ese momento no se sabía aún si me la podrían abrir con un tratamiento determinado o si habría necesidad de operarme. Al recibir la noticia estaba muy asustada y le pedí a Antonio que llamara a mis padres y les informara el diagnóstico.

Finalmente me dieron unos calmantes y el dolor disminuyó un poco, así que yo, optimista, pensé que quizá el problema serio había pasado y ya se me había destapado el intestino y me dejarían irme a mi casa. En eso llegó otro doctor a presentarse con nosotros y a informarnos que me trasladarían a una habitación privada para mantenerme bajo observación mientras comenzaban el tratamiento. Mi habitación, desde luego, dentro de la unidad de oncología del hospital.

Los calmantes que me administraron, además de reducir el dolor, me mantenían medio dormida y eso me ayudó a descansar un poco pues llevaba ya más de 24 horas sin dormir. Cada vez que abría los ojos me daba cuenta de que Antonio seguía ahí acompañándome. Pobrecito, también estaba cansado pero no se despegaba de mi lado a menos que alguien más llegara a acompañarme y lo relevaba mientras él se tomaba un café o comía algo. Ese mismo día me entubaron por la nariz con una sonda larga y ancha que tenían que pegar a mi cara con cinta adhesiva y eso sí que era molesto, pues, además de que estaba totalmente calva y con unas ojeras muy pronunciadas, por primera vez durante mi enfermedad no era agradable para mí recibir visitas en esas circunstancias. El tubo que me habían puesto entraba por la nariz y llegaba hasta el estómago y me sacaba sustancia verde amarillosa de adentro, la cual se depositaba en una jarra transparente que estaba colocada justo a un costado mío y que no se veía nada bien. Esa estancia en el hospital fue realmente incómoda, tanto para mí como para quienes me visitaban, pues a nadie le gusta ver a un ser querido pasando tantas molestias y luciendo tan mal.

Durante mi segundo día de hospitalización mi papá le informó a Antonio que vendría a acompañarme y a ver cómo me podía ayudar. Antonio me contó que parecía realmente preocupado por mí porque lo llamaba seguido a preguntar por mi condición. Dentro de todo lo malo que pasé durante esa etapa difícil, estoy segura de que el acercamiento que tuve con mi padre durante ese proceso fue muy importante para mi curación tanto espiritual como física.

El segundo día pasó muy lentamente y estaba muy molesta con los tubos, aunque me mantenían bastante dormida con los sedantes. Esa noche vino un camillero a llevarme a un cuarto en el sótano del hospital, en donde me iban a hacer el tratamiento para tratar de destaparme el intestino. El tratamiento fue sumamente feo y doloroso porque me echaban a presión sustancia radiactiva dentro del tubo de la nariz para que me pintara el intestino, y me metían abajo de un aparato enorme para tomarme radiografías. Los técnicos platicaban de su vida personal mientras me tenían a mí ahí lo más incómoda, pues, además de las molestias de mi condición, el cuarto estaba muy frío y yo estaba tapada únicamente con una ligera sábana. Como no me podían dejar salir de ahí hasta que detectaran el problema, por más de cinco horas me tuvieron en ese cuarto. El efecto de los sedantes pasó a las dos horas y el dolor intenso empezó de nuevo. Yo me sentía muy mal, asustada y sola. Los técnicos me hacían algo y se marchaban a revelar las radiografías y no regresaban por mucho tiempo, así que comencé a angustiarme. Esa noche fue de las más difíciles dentro de mi enfermedad pues hubo momentos en que, agobiada por el dolor, el cansancio y el frío, pensaba que me estaba muriendo. Sentí que mi cuerpo quería descansar y comencé a darme por vencida. No podía seguir luchando más.

Después de hablar varias veces con el radiólogo y de haberme visto sufrir con ese dolor tan fuerte por tanto tiempo, por fin se compadeció de mí y pidió más calmantes. Luego de que me los aplicaron, caí como en un sueño profundo y solamente me acuerdo de haber llegado a mi cuarto y ver a Lilia, quien había relevado a Antonio, y pasaría esa noche acompañándome en el hospital. Me abrazó, se dio cuenta de que venía sintiéndome mal y muy agobiada, así que comenzó a pasarme energía con sus manos y me ayudó a meditar y a relajarme. Me sentía feliz de estar con ella porque, aunque nos conocimos justo después de mis operaciones, la he sentido como una madre protectora durante todo este tiempo de la enfermedad.

Al día siguiente llegó mi papá al hospital y me di cuenta de que se impresionó mucho al verme, pues mi apariencia física era realmente mala. Tenía las sondas que me entraban por la nariz y varios sueros que me entraban por los brazos, además, como mis venas no habían estado respondiendo muy bien durante esos días, tenía varios moretones prominentes en ambos brazos. A pesar de todo, me dio mucho gusto verlo a mi lado porque me sentí protegida una vez más. Sé que para él, el hecho de quedarse ahí conmigo durante esos días fue una situación difícil porque estaba incómodo de verme en ese estado, y si bien durante el día se quedaba acompañándome en la habitación, aprovechaba la visita de cualquier persona para salirse a tomar un café, buscar el periódico o simplemente caminar un poco. Como buen hombre, no se sentía muy a gusto en el hospital.

Tommy e Izzy seguían muy preocupados por mí y me llamaban por teléfono varias veces al día. Notaban que mi voz no sonaba fuerte y alegre como siempre pues estaba adolorida y decaída, pero aun así les daba gusto hablar conmigo y escuchar que estaba tratando de recuperarme para estar nuevamente en casa con ellos. En contra de mi voluntad, a Tommy lo llevó su papá a verme un día, a pesar de que yo le había pedido que no lo hiciera porque no me gusta que mis hijos me vean luciendo tan mal, sin embargo ignoró mi petición y de repente estaba ahí mi hijito, al lado de mi cama, esquivando mi mirada pues se impresionó mucho al verme toda entubada. Para los niños es muy difícil entender el dolor físico de los padres.

Mi estancia en el hospital no fue fácil pero el dolor disminuyó poco a poco y después de seis días y dos tratamientos me dieron de alta. No hubo necesidad de operarme pero me pusieron una dieta muy estricta.

Ahora sí me marchaba lista para empezar con mi radiación, la cual había tenido que posponer debido a este contratiempo inesperado.

RADIACIÓN

Hace poco mi mami empezó su radiación. La radiación es como si te ponen rayos que te disparan en la piel y te queman. Desde hace una semana la piel de mi mami está roja como tomate y le arde un poco pero ella se aguanta porque es muy fuerte. Ella me dijo que la radiación es la última parte de su problema de cáncer y dice que es la más fácil porque no le duele cuando la queman...

Tommy

Su bubi y abajo de su brazo están morados pero no se ven más que si nos enseña. Lo bueno es que ya le está empezando a salir el pelo y cuando se sale de la ducha se le pone de punta todo y se ve muy chistosa.

Izzy

Una vez salí del hospital, después de mi contratiempo inesperado, me puse en contacto con la oficina del radiólogo para volver a sacar una cita y comenzar a recibir la radiación. Aún no había conseguido los casi 5.000 dólares que necesitaba llevar antes de poder empezar el tratamiento pero tenía crédito en algunas tarjetas y así pagaría mientras mi papá podía ayudarme. El día de mi consulta llegué al lugar y Sandy me llevó inmediatamente a su oficina y puedo decir, honestamente, que parecía que disfrutaba del hecho de que mis pagos los tuviera que hacer divididos en tres tarjetas diferentes. Realmente fue una situación muy desagradable el haber tratado con ella pero sé que hasta de la gente mala, egoísta o envidiosa, se aprenden lecciones.

Ese primer día me hicieron lo que llaman "el simulacro". Durante este simulacro el doctor y los técnicos miden y acomodan a los pacientes de la manera como van a recibir la radiación y toman rayos x para verificar que las marcas que le ponen a uno en la piel coinciden con los puntos que se deben radiar.

A mí me habían dicho que ese día mi médico iba a estar presente para determinar tanto los puntos de radiación como para verificar las medidas. Esperé recostada en la camilla por más de media hora pero mi doctor no aparecía. El cuarto estaba muy frío y le pedí al técnico una cobija porque la espera era larga. Cuando regresó con ella, me informó que mi doctor estaba ocupado y no vendría a verme, pero me aseguró que él personalmente le entregaría mi expediente con sus recomendaciones para su aprobación. Me sentí un poco descontenta porque en ese consultorio realmente la atención al paciente dejaba mucho que desear. Una vez más me di cuenta de que al radiólogo no le interesaba en lo más mínimo mi salud, pero sí estaba muy pendiente de recibir mi cheque, ¡qué pena! Creo que mi descontento se notó porque el técnico, quien parecía una buena persona, se sintió muy apenado y trató de darme mil excusas por las cuales el doctor no vendría a verme.

El simulacro se llevó a cabo sin mayor contratiempo una vez que no hubo que esperar más al doctor. El técnico me medía muy meticulosamente el área del seno de donde me habían sacado el tumor, me pintaba con unos plumones de colores y me colocaba una cinta de pegar que tenía unos alambres. Yo debía mantenerme muy quieta mientras él salía del cuarto para tomarme radiografías. El simulacro tardó como unas dos horas porque el mismo proceso se repitió varias veces hasta que me dejaron marcharme, no sin antes darme una nueva cita para otro simulacro una semana más tarde. Era un poco extraño el verme el seno pues me había marcado con rayas gruesas de colores verde y azul, además de haberme dejado pegados los alambres en la piel y haberme indicado que debería tener mucho cuidado al bañarme pues tanto las marcas como los alambres debían permanecer ahí hasta la siguiente cita. Me sentía medio rara con todo eso en el seno y sé que se veía muy poco atractivo pero no me preocupaba cómo se veía pues no tenía a quién mostrárselo.

Saliendo de ahí me fui a una tienda linda de ropa interior, ya que me habían recomendado que durante la época de radiación me pusiera únicamente sujetadores de algodón. Decidí consentirme y comprarme tres que utilizaría durante los 45 días de tratamiento.

A la semana siguiente regresé a la segunda parte del simulacro. Ese día, además de medirme y tomarme radiografías de nuevo, me hicieron unos pequeños tatuajes con tinta en los puntos claves del tratamiento. Me explicaron que los tatuajes eran permanentes, pero son tan chiquitos que parecen pequeños lunares localizados estratégicamente en mi seno y en mi costado. Después de esta visita regresé una vez más para verificar que todo estaba bien y comenzó el tratamiento en sí.

Los primeros días de radiación fueron fáciles. Era más el trabajo de salir de mi casa temprano por la mañana y manejar las 25 millas al hospital que lo que me tardaba recibiendo mi dosis. En realidad uno sabe que está siendo radiado porque a través de los días la piel va cambiando de color y volviéndose más sensible, pero mientras uno recibe la radiación ni se ve ni se siente nada, uno simplemente se acuesta en la camilla, permaneciendo inmóvil durante unos minutos, y escucha cómo la máquina se enciende y se apaga hasta que por el altavoz se oye la voz del técnico diciendo que la sesión ha terminado.

Me parece que para mi tipo de cáncer las dosis son estándares y el médico me diagnosticó 33 dosis en el seno y 7 en el costado, en donde habían removido los ganglios linfáticos. Las dosis me las daban de lunes a viernes a la misma hora de la mañana. Cuarenta dosis se dicen fácil, pero después de las primeras diez empecé a sentir algunos efectos secundarios.

Mi rutina durante esos casi dos meses era prácticamente la misma. Salía de mi casa temprano, llegaba al hospital, le entregaba el coche al muchacho encargado de estacionarlo, me registraba y pasaba al vestidor a quitarme la ropa de la cintura para arriba y me ponía la bata de hospital. De ahí me tocaba sentarme a esperar mi turno en una sala en donde había varias mujeres esperando igual que yo. La mayoría de los días Sandra me acompañaba y ese tiempo del trayecto nos servía para platicar y contar los días en que las dos saldríamos de nuestras respectivas situaciones.

Como las citas eran de lunes a viernes, a la misma hora, y era más o menos igual para cada paciente, todos los días me encontraba en la sala de espera con las mismas mujeres. Los primeros días nada más nos dábamos un saludo cordial pero con el paso del tiempo comenzamos a hablar de nuestras vidas, nuestros síntomas y nuestras experiencias, pues después de todo éramos compañeras del mismo dolor y estábamos de alguna manera involucradas en la misma batalla. De este grupo de pacientes aprendí bastante y me di cuenta de lo importante que es tener una actitud positiva ante esta adversidad. Conocí gente con un problema mucho menor al mío y gente en condiciones más graves. Durante este tiempo realmente me di cuenta de que el cáncer es una enfermedad que ataca indiscriminadamente, que no distingue ni sexo ni edad, ni posición social, nada. Es una terrible enfermedad traicionera que brota de lo más profundo del cuerpo de quienes estamos susceptibles a ello, y en secreto y sin avisos comienza a crecer hasta que un día la descubrimos y nos cambia la vida para siempre. De las personas con las que pude platicar durante ese tiempo, ninguna sospechaba su existencia y a prácticamente todas nos tomó por sorpresa.

Fue una experiencia fascinante hablar con todas y cada una de las mujeres que esperaban tratamiento en la misma sala que yo, ya que me di cuenta, entre otras cosas, de que la incredulidad e inseguridad que surgen con este mal son sentimientos comunes. Entendí que el proceso de aceptación del problema sigue ciertos pasos similares en toda la gente: primero la incredulidad, el susto, la consternación; después la angustia y el enojo y finalmente el proceso de aceptación y la lucha para salir adelante. En esta parte del proceso estábamos todas las que nos encontrábamos ahí, ya que, aunque había casos más graves que otros, todas estábamos recibiendo la radiación para tratar de evitar que el cáncer se volviera a presentar.

Después de algunos días de tratamiento me tocó despedir a la primera señora de las que yo conocía que terminaba su dosis. Esa fue la primera de muchas celebraciones que tuvimos a lo largo de las siete semanas que recibí tratamiento ya que cada vez que una de nosotras "se graduaba" todas las demás lo festejábamos.

Faltando tres semanas para que yo terminara mi tratamiento, Sandra dio a luz a la preciosa Aleksa, y así como ella estuvo conmigo durante todos esos meses, ese día tuve el privilegio de estar con ella dentro de la sala de parto y recibir a la criaturita. Para mí fue sumamente conmovedor darle la bienvenida al mundo y ese gran privilegio me hizo cuestionarme durante varios días sobre la inmensidad de la vida. Aquí estaba yo luchando con todas mis fuerzas para combatir ese terrible mal y seguir viviendo y, por otra parte, veía a esa criaturita indefensa y pequeñita con toda una vida por delante. Claro que el nacimiento de Aleksa también fue motivo de celebración con mi grupo de radiadas, ya que Sandra también se había hecho amiga de todas ellas y todas aguardaban con ansia el momento del alumbramiento. Al igual que a mí, creo que de alguna manera para muchas de ellas el nacimiento de una nueva vida representaba una nueva esperanza para todas.

La rutina de todos los días era la misma. Después de nuestra conversación mañanera, la enfermera me llevaba al cuarto en donde se me radiaba. Me aterraban los lunes y los jueves porque, antes de poder recibir mi dosis, me tenían que pesar y también durante la radiación aumenté unas cuantas libritas y eso no me gustaba nada. Una vez dentro del cuarto de tratamiento me acostaba en la camilla, bajo el aparato de donde salen los rayos, me quitaba la bata para que los técnicos posicionaran el aparato en el lugar indicado y permanecía ahí recostada, cuestión de diez o quince minutos. Mi posición era un tanto incómoda porque el brazo izquierdo tenía que quedar amarrado arriba de mi cabeza y no podía hacer ni el menor movimiento. Una vez que ya estaba en la posición indicada, la enfermera y el técnico salían del cuarto para empezarme a radiar. Ahí me quedaba yo sola con ese aparato que me asustaba, pero todos los día aprovechaba esos momentos para invocar a los ángeles protectores de la salud. Antes de recibir el tratamiento cerraba mis ojos y le pedía tanto a mi santa Madre, como al ser Supremo, como a mis ángeles guardianes que me envolvieran en su luz y me brindaran, a través de esos rayos, la sanación que necesitaba mi cuerpo. Invocaba a mis ángeles guardianes para que me envolvieran en sus rayos de salud y curación para acabar con el error que se había producido en mi cuerpo y poder sanarlo por completo. Es curioso, pero durante esos momentos encontraba una paz muy especial a mi alrededor. Aunque el cuarto era frío y la máquina intimidaba, me sentía tranquila y en paz conmigo misma porque me sentía protegida espiritualmente. Cerraba los ojos y me dejaba llevar a un lugar lleno de paz y de amor y me desconectaba de lo que estaba pasando a mi alrededor en ese momento. Así fue como, llena de pensamientos positivos, decidí recibir mi radiación todos los días.

Mi trato con el personal que me administraba la radiación diaria fue muy bueno. Tanto los técnicos como las enfermeras eran gente buena que sabían cómo hacer esta etapa un poco más placentera. Todos ellos me hacían sentir importante al saludarme diariamente por mi nombre. Contraria a la actitud de la gente que trabajaba con mi médico, en el hospital volví a encontrar el trato amable, el cariño, la compasión y los sentimientos nobles que han caracterizado a quienes se me han presentado en el camino a lo largo de la enfermedad. A ellos, como a tanta gente, les estoy sumamente agradecida por haberme ayudado a caminar esta última etapa de mi lucha contra el cáncer.

Pese a que afortunadamente durante todas mis operaciones, mis consultas médicas y mis quimioterapias siempre estuve acompañada, aproveché el nacimiento de Aleksa para tratar de acudir sola a las radiaciones. De alguna manera quería sentir que recuperaba poco a poco mi sentido de independencia y aprovechaba el trayecto diario para escuchar unas cintas motivacionales que me había prestado un amigo y quería utilizar el tiempo que me tomaba el manejar hasta el hospital para poner en orden mis ideas, para soñar y planear el futuro, para escuchar música o simplemente para sentirme libre. A fin de cuentas, mis viajes sola fueron contados, porque, ya en la última parte de mi tratamiento, físicamente no me encontraba muy bien pues tenía muchas náuseas y estaba realmente cansada, además de que la piel ya se me había agrietado y quemado y estaba molesta y adolorida, así que, nuevamente agradecí la bondad de mis amigos que se tomaban la molestia de hacer el trayecto diario conmigo. En ese sentido también soy muy afortunada porque mis amigos a los que, como he dicho antes, ahora considero mi familia espiritual, no me querían dejar pasar por esto sola y nunca me faltaron voluntarios para los viajes al hospital.

A partir de la segunda semana de radiación mi conteo de sangre empezó a bajar rápidamente por lo que el doctor ordenó que se me sacara sangre cada tercer día. Después de las operaciones y la quimioterapia, el que me sacaran sangre debería ser casi como cualquier pasatiempo, pero no era así. Estaba tan cansada y tan molesta de toda esa situación, que la simple sacada de sangre me incomodaba. Era también mentalmente agotador oír a la enfermera todos los días decirme que mi conteo iba para abajo y que si seguía así me tendrían que suspender el tratamiento. Casi todos los días me vi obligada a llamar por teléfono al hospital, antes de salir de mi casa, para ver si me lo podrían suministrar o no. Aunque mis plaquetas bajaron a 30.000 unidades (el promedio es de 140.000-170.000), el doctor nunca suspendió el tratamiento, de lo que sí me di cuenta era que me salían moretones con mucha facilidad y no tenía ganas de hacer nada durante el día. La náusea, el cambio en el gusto y el cansancio eran constantes, y se lo comenté al doctor en una de las contadas ocasiones en las que me atendió, pero me daba la impresión de que no le importaba mucho mi situación. La primera vez que me entrevisté con él me dijo que estaría presente durante el simulacro y que una vez a la semana me revisaría para ver que todo marchase como debía ser. Ya sabemos que en el simulacro no estuvo y de las siete semanas que me tocaba verlo, tres mandó al médico suplente. La que más me molestó fue la última consulta ya que, siendo mi último día, quería saber cómo había salido todo y qué podría esperar de ahora en adelante. El doctor nuevamente estaba de viaje y la enfermera fue la que me dio las instrucciones de lo que debía hacer durante los próximos días en mi casa para cuidar mi piel, y la que me entregó un certificado de constancia por haber terminado el tratamiento. Me cayó muy mal que el doctor no estuviera y más aún cuando la enfermera me dijo que me iba a dar una cita para que me revisara dos semanas más tarde, pero me aclaró que esa consulta no estaba incluida en el precio que ya me habían dado sino que era un costo adicional.

En una de las contadas ocasiones en que el doctor me atendió le comenté mi mala experiencia con Sandy, la geren- te de su oficina, y le expresé mi preocupación ante la falta de sensibilidad de todo su personal. Él se quedó mirándome por un momento y me dijo que estaba apenado, si esa era mi percepción, y que le gustaría que lo que le estaba diciendo se lo mandara por escrito; además me dijo que no me lo tomara personal, que yo debía entender que eso era un negocio para ellos y lo trataban como tal. Yo no lo podía creer.

Durante la época de radiación traté de reanudar algu- nas de mis actividades cotidianas y me sentí muy contenta cuando pude empezar a recoger a mis hijos nuevamente de la escuela. Aprovechaba las tardes, después de regresar a la casa, para tomarme una siesta y descansar. Aunque tenía ganas de hacer más cosas, era más lo que pensaba que podía hacer que lo que físicamente podía realmente hacer. En una ocasión le pedí a Tom que se llevara a los niños por el fin de semana y no me levanté de la cama durante esos dos días. Todo lo que hice fue descansar, dormir, descansar y dormir. Mi cansancio era mucho.

Ya entrada en la cuarta semana la piel se empezó a que- mar y me ardía mucho. Al principio el área radiada se puso muy roja, como si hubiera tomado el sol durante todo el día sin protección alguna. Con el paso de los días el rojo se volvió morado, me salieron ampollas y se me infectó un poco la piel. Cuando me encontraba así dejé de usar ajustador y únicamente me ponía camisetas de algodón que me quedaran grandes para que no me tocaran la piel. El tener la piel así no impidió que continuara el tratamiento y simplemente me dieron antibióticos para evitar una infección mayor. La piel quemada es muy dolorosa y el estar así me hizo pensar lo mucho que ha de sufrir la gente que se quema grandes áreas del cuerpo. En mi caso, afortunadamente, eso también fue temporal ya que una vez terminado el tratamiento mi piel comenzó a sanar de manera muy rápida. Es increíble lo sabia que es la naturaleza.

Siete semanas se dicen fáciles, pero cuando uno está bajo un tratamiento médico es una etapa difícil. De todas mis experiencias durante mi enfermedad, la época de la radiación fue la más rara. Si bien estaba muy contenta de haber llegado a la parte final de mi curación, la manera tan interesada del médico y su personal me enfrentó a una realidad dura e insensible.

Pese a que durante todo mi proceso me encontré con médicos extraordinarios, compasivos y buenos, en esta etapa tuve un doctor que olvidó el principio básico fundamental de ser médico, y me recordó que vivimos en una sociedad en la que el dinero puede hacer que la gente olvide lo fundamental de la vida.

REGALOS DEL ALMA

Una de las cosas que más me han sorprendido durante este proceso de curación es la espiritualidad de la gente que me rodea. Para mí ha sido increíble darme cuenta de lo importante que es tener fe, creer en algo o en alguien, y saber que las cosas, por difíciles que sean, ocurren por alguna razón en particular. Ha sido muy bello sentir que durante esta etapa difícil la gente me animaba, me daba valor para seguir adelante, me apoyaba y me alentaba de diversas maneras, incluso compartiendo conmigo experiencias que para ellos fueron milagrosas o extraordinariamente positivas. Además de las anécdotas, una gran cantidad de personas compartieron conmigo su fe y sus creencias, para que me sirvieran de ejemplo y de ayuda en este largo camino. Aunque la mayoría de las experiencias tenían finales felices, no ocurría así en todas.

Durante unos días Sandra estuvo muy entusiasmada en que conociera a una amiga suya que venía de visita de Perú. Me hablaba mucho de ella y quería que compartiera las experiencias de su niñez desde el punto de vista de una hija de una madre con cáncer, pues durante diez años, desde que ellas eran relativamente jóvenes, su madre se había enfrentado a ese problema y ella pensaba que yo apreciaría su opinión. Cuando finalmente nos conocimos, tuvimos una plática muy amena hasta que le pregunté cómo se encontraba ahora su madre. Lo que a Sandra se le había olvidado mencionarme era que la madre había muerto unos meses antes, así que cuando me lo dijeron a media conversación fue un poco duro para mí.

La primera vez que le comuniqué a Rey, mi amigo, que tenía cáncer, sacó de su cartera una estampita de Jesucristo. Me explicó que estaba maltratada y vieja porque la cargaba desde hacía años pero me dijo que era muy especial para él porque cada vez que se sentía apurado o afligido recurría a ella para orar. En un gesto muy noble de su parte, me la dio para que a partir de ese momento la imagen me protegiera y me cuidara.

Cuando fui con mi padre a nuestro viaje a Texas, él me regaló un crucifijo que había sido bendecido por el papa Juan Pablo II. La cruz es realmente bonita pero mejor fue el detalle de dármela, pues mi padre no es una persona particularmente religiosa, hasta donde yo sé, y es bueno darse cuenta de que en los momentos de angustia se tiene un Dios en quien depositar la fe.

Un domingo al medio día me vino a visitar una amiga con la que había tenido algunas diferencias. Ella se había enterado de mi problema y se lo había comentado a su mamá que es una mujer realmente devota. La señora fue a una iglesia en Nueva York, en donde existe agua bendita que, según se dice, ayuda mucho a los enfermos que la reciben, así que llenó una botellita para mí y me la mandó a Miami.

Durante mi recuperación mi amiga Aída hizo un viaje de placer a Portugal. A su regreso me entregó una botellita de agua bendita de Fátima y una pequeña estatua de la Virgen. Me dio mucho gusto saber que, pensando en mi recuperación y bienestar, había dedicado uno de sus días de vacaciones para viajar hasta el lugar de las apariciones de la Virgen de Fátima y poderme traer los obsequios.

Un día, estando en una clase de ángeles de las que impartía Lilia, mi amiga, conocí a una muchacha mexicana recién casada. Al enterarse de mi problema me regaló un aceite bendito de san Charmain y me explicó que era un santo libanés que a ella y a su familia les había ayudado mucho en momentos difíciles.

Alejandro, un vecino mío, al enterarse de mi situación, me habló de un líder espiritual hindú llamado Sai Baba de quien él es un gran seguidor. Me regaló unos polvos materializados por él que le había entregado en uno de sus viajes a la India y que únicamente compartía con quien verdaderamente tuviera necesidad de sanación. Él mismo tiene en su departamento una túnica que Sai Baba le había regalado y en una ocasión me invitó a sentarme frente a ella y meditar para pedirle guía y ayuda.

Una vecina ecuatoriana me visitó una mañana para traerme de regalo la estampita de la Virgen de la Inmaculada Concepción a quien ella y su familia se encomiendan, y ese día me invitó a su casa para mostrarme el lindo altar que le tienen en su casa y donde le rezan.

Uno de los primeros regalos que recibí fue de parte de la madre de Antonio, quien me mandó una figurita de la Virgen del Rocío, para que me brindara su protección. Su hermana me envió una medallita de oro de la misma Virgen y la tuve colgada de mi cuello durante momentos difíciles.

Desde México mis tías, las hermanas de mi madre, me mandaron varios rosarios de la Virgen de Guadalupe, pues es la patrona del pueblo mexicano. Esos rosarios fueron muy especiales para mí porque, además de que sé que les costó mucho trabajo conseguirlos, supe que me los enviaron con muchísimo cariño y buenas intenciones.

Podría seguir enumerando la gran cantidad de artículos religiosos o espirituales que recibí a lo largo de mi tratamiento, pero creo que no tiene caso hacerlo pues lo importante de esta historia no es el obsequio que se me daba sino lo que el darlo y recibirlo significa. Quien me regalaba alguno de estos objetos me estaba demostrando que había pensado en mí y se estaba preocupando por mi situación, así que todos esos obsequios representaban el cariño, el amor, la preocupación y los pensamientos positivos que la gente tenía hacia mí y todo eso me daba más seguridad de que valía la pena mi lucha para salir adelante.

Bien dicen que la fe mueve montañas, y ahora que he pasado por esto he entendido mejor el significado de este dicho pues he comprobado, a través de este proceso, que la fe que puede tener uno mismo y la que tienen los demás hacen posible que la curación se manifieste.

Durante mi convalecencia acudí a una obra a beneficio de la Sociedad Americana contra el Cáncer, en donde compré una hermosa cruz plateada labrada con diversos motivos místicos. Esa cruz la coloqué, desde el primer día que la tuve, sobre mi mesa de tocador y la veo todos los días. A la cruz le he colgado todos los regalos religiosos o espirituales que recibí durante mi recuperación, y el lugar en donde se encuentra se ha convertido en mi pequeño altar de agradecimiento al ser Supremo por todas las bendiciones que recibo. Durante mi enfermedad pude darme cuenta de que es increíble el poder de la oración, la fe y los pensamientos positivos.

Cuando me confirmaron que tenía cáncer me sorprendió muchísimo la cantidad de gente que comenzó a llamarme por teléfono y a mandarme correo electrónico para apoyarme y decirme que oraban por mí. No hablo únicamente de mi familia o de mis amigos más allegados, sino de tíos y primos con los que nunca tuve una relación muy cercana, amistades que realmente nunca fueron íntimas ni frecuentes, conocidos con quienes apenas había cruzado una palabra, e incluso gente que ni siquiera he tenido el gusto de conocer personalmente pero que sé que han estado orando y pidiendo por mi recuperación. Me sorprendió enterarme de que existen las llamadas "cadenas de oración" por medio de las cuales gente de distintas partes del mundo, de diversas religiones, culturas y creencias, reza y pide por la sanación de algún ser en particular. Es realmente admirable saber que hay gente que dedica gran parte de su día a rezar y pedir por el bien ajeno.

En esta era de las comunicaciones tan avanzadas me sirvió muchísimo recibir correo electrónico porque, pese a que no podía dedicarle mucho tiempo al ordenador, me animaba muchísimo el tener mensajes dándome ánimos de mis amigos, tanto de mi ciudad como de otras partes del mundo. Es curioso, pero me he dado cuenta de que muchas veces el correo electrónico acerca mucho a las personas, pues tenemos la tendencia a escribir lo que realmente sentimos y muchas veces no nos atrevemos a expresarnos de la misma manera por teléfono. Un caso muy especial para mí fue el de mi primo Eduardo. Si bien somos primos hermanos, él es un muchacho introvertido y nunca platicamos mucho. A partir de mi enfermedad comenzó a escribirme constantemente y honestamente puedo decir que sus mensajes fueron para mí un rayo de luz que me daba valor y esperanza pues siempre me animaba a no darme por vencida, me mandaba noticias de lugares en donde se investigaban y estudiaban casos similares al mío, y me informaba de la situación en México, con mis abuelitos, lo cual me hacía sentirme más cerca de mi familia.

Una de las cosas más importantes durante el proceso de recuperación es el poder mantener una actitud positiva para no dejarse vencer por la enfermedad. Se dice fácil pero yo sé que no lo es. Hubo días, durante mi trayecto, en que yo misma pensé en darme por vencida y no continuar más porque físicamente mi cuerpo no me lo permitía y emocionalmente estaba cansada de luchar. Afortunadamente siempre encontré esa voz interna que me empujaba desde lo más profundo de mi ser y me daba valor para seguir enfrentando la situación.

No se conoce exactamente de dónde proviene el cáncer. Se sabe que las células comienzan a multiplicarse de una manera desordenada, creando lo que se llama "cáncer", pero hay muchas clases diferentes de éste y muchos factores que influyen en su existencia. En el caso del cáncer de seno específicamente, hay varias causas que predisponen a la mujer a tenerlo: herencia materna, tener el primer hijo después de los 35 años y el alto consumo de alcohol, los cuales pueden ser factores decisivos. Este tipo de cáncer, además, se manifiesta en su mayoría en mujeres mayores de 65 años, y mientras más joven se es, la agresividad con la que ataca generalmente es mayor. En mi familia, ni mi madre, ni mis abuelas, ni mi hermana lo han padecido, mis dos hijos nacieron antes de que yo cumpliera 31 años, no bebo alcohol más que ocasionalmente y cuando me descubrí el tumor tenía 38 años. Mil veces me he cuestionado por qué me salió a mí si no estoy dentro de los parámetros médicos para padecer esta enfermedad. Ahora que he tenido la oportunidad de revaluar mi vida y analizar mi situación, he determinado que las causas de mi cáncer son muy particulares. He llegado a la conclusión de que mi cáncer fue la manifestación física de una serie de sentimientos negativos que se habían acumulado en mi ser a través de los años. Rencores que no había liberado, decepciones emocionales que no había olvidado, inseguridades, tristezas, soledad, desengaños y sentimientos de rechazo que de alguna manera estaban dentro y, aunque yo los había tratado de borrar, estaban aún latentes sin salir a la superficie pero arraigados en mi alma. Cuando a todos esos sentimientos ocultos le añadí la gran cantidad de estrés a la que estuve sometida durante muchos años, mi cuerpo tuvo que reaccionar de alguna manera y se manifestó el cáncer. Pienso que al no haber sido capaz de canalizar todas esas energías negativas de una manera positiva, en mi cuerpo se creó el error que es el cáncer. Esta es una opinión personal a la cual he llegado después de haber vivido esta experiencia y con la que no espero que todo el mundo esté de acuerdo. Desde el punto de vista científico, no hay manera de comprobar la relación entre los sentimientos y las enfermedades, pero dentro del punto de vista espiritual la relación sí existe. A lo largo de mi vida he sido una persona que tiende a encontrar lo positivo dentro de lo negativo y me tranquiliza pensar que mi enfermedad se manifestó por eso, porque esto me permite la posibilidad de aprender, de ahora en adelante, a verdaderamente liberar los sentimientos negativos y disfrutar de una manera plena y total los sentimientos positivos.

Así como me di cuenta de que muchas personas tienen diferentes creencias y que todas son válidas para cada una, esta es mi creencia y vivo con ella.

CONCLUSIÓN

Mi vida no ha sido fácil ni mi búsqueda sencilla, pero esta enfermedad me ha brindado la oportunidad de recapacitar y retomar mi vida de una manera mucho más positiva. Con esta enfermedad se me han abierto los ojos del alma y he aprendido a cambiar el orden de mis prioridades. No han cambiado mis prioridades, solo la manera en la que veo, aprecio y disfruto de la vida es otra porque estuve cerca de la muerte y cuando a la muerte se la ve de cerca cambia la perspectiva de la vida.

Durante mi proceso de curación y aprendizaje me he vuelto un ser más espiritual. Ahora estoy realmente convencida de que en esencia los seres humanos somos espíritu y nuestro cuerpo es únicamente un instrumento que se nos ha prestado para vivir mientras estamos en este plano humano. Ahora sé que en el momento de partir el cuerpo se queda en la tierra y se desintegra pero nuestra alma se eleva y continúa la jornada, y es esa convicción la que me hace ser más valiente ante las adversidades. Estoy consciente de que todos nos vamos a ir de este plano terrestre tarde o temprano, y que mientras más obstáculos pueda vencer y más pruebas logre superar voy a ser un espíritu más avanzado y voy a estar más adelantada dentro del plan general del universo.

No creo en las coincidencias pero sí en las causalidades. Sé que todo en la vida tiene una razón o una causa y que si a mí me ha tocado vivir una etapa difícil es por una razón muy poderosa que me está enseñando a ser una mejor persona, y que además de servirme a mí está ayudando a mucha gente que ha compartido conmigo esta experiencia tan difícil, a ser también mejores personas, redescubriendo facetas de uno mismo que tal vez estaban dormidas.

Quizá lo único bueno de esta enfermedad es que por haberla padecido conocí el significado del verdadero amor. Aprendí en primera instancia lo que es el amor desinteresado, el amor puro, el amor espiritual, el amor sincero y el amor de amigos. Además del amor tan grande del que estuve rodeada durante todo mi proceso, aprendí lo que es la compasión entre los seres humanos. Antes de esta enfermedad había oído hablar de ella, pero nunca la había sentido y nunca habría imaginado que alguien la sintiera hacia mí. Ahora que he tenido la oportunidad de conocerla en primera persona, puedo decir que es una cualidad bella y pura que sale del alma y me ha gustado sentirla.

Una de las lecciones más grandes aprendidas durante el desarrollo de mi problema fue el haber conocido lo que es el amor paternal, ya que, a pesar de haber vivido alejada de mi padre y haber crecido sintiendo su rechazo, finalmente he sentido su amor hacia mí.

He aprendido tanto, tanto, tanto, durante este año, que si tuviera que regresar a este plano y repetir la experiencia la repetiría. He descubierto el amor de extraños, he conocido la bondad de la gente que, dentro de una sociedad tan materializada como lo es la sociedad en la que vivo, me ha tendido la mano de diferentes maneras y, aunque a lo largo del trayecto tuve un par de experiencias desagradables, la situación en general ha sido buena y positiva.

Esta experiencia, por difícil que haya sido, ha enseñado mucho a mis hijos. Ellos también crecieron como personitas, se toparon con el miedo de frente y supieron ser fuertes y ayudarse mutuamente. Nunca me descuidaron, siempre estuvieron pendientes de la mejoría de su mami, y supieron animarme en los días más difíciles para aprender a sobrellevarlos más fácilmente. Durante mi enfermedad, sobre todo al principio, hubo varias veces en que me cuestioné el porqué de una lección tan dura para dos niños buenos e inocentes. Pensaba que la niñez debería ser una etapa feliz durante la cual la mayor preocupación debía ser la de sacar buenas notas en la escuela y ser un buen hijo en el hogar. Debido a mi problema, ellos se vieron obligados a ser unos niños responsables y fuertes y a afrontar sentimientos de miedo, de duda, de angustia, que uno como madre quisiera evitárselos a toda costa. A pesar de que hemos sido muy afortunados y contamos con un excelente equipo de apoyo, sé que a su modo ambos sufrieron y se asustaron mucho. Sin embargo, siempre estuvieron a mi lado, aprendieron a respetar cuando necesitaba estar sola o descansando, a ser valientes y a animarme si estaba triste o adolorida, se esforzaron en ser los mejores estudiantes de su escuela porque sabían que con eso yo estaba sumamente orgullosa, aprendieron a llevarme mi vaso de agua a la cama todas las mañanas al despertarme e, incluso, aprendieron a darme mis medicinas a las horas indicadas. Mi curación fue un trabajo de equipo y mis hijos tuvieron un papel muy importante.

Mis amigos que, como dije antes, se convirtieron en mi familia espiritual, también me dieron lecciones importantes. Con su amistad, apoyo, tiempo y dedicación me enseñaron el significado de la verdadera amistad. El tiempo que compartieron conmigo, visitándome, llevándome al hospital, a las consultas y a los tratamientos, fue una ayuda invaluable.

Mis hermanos me demostraron su apoyo, cada uno a su manera, y me hicieron sentir querida: el amor enriquece el alma.

La mayoría de mis doctores y el personal médico que me atendió me rodearon de cariño y afecto.

Soy una persona feliz y más plena de lo que era hace un año y medio cuando aún desconocía que el cáncer ya estaba manifestándose en mi cuerpo. Mis valores han cambiado y mi calidad de vida ha mejorado porque he conocido otras facetas en la gente. Gracias a esta enfermedad, ahora soy una mejor madre, una mejor hija, una mejor amiga, una mejor compañera. Me siento feliz de haber sido capaz de vencer la enfermedad y estoy eternamente agradecida al universo, a mi Dios, al ser Supremo Padre y Madre, de haberme dado la oportunidad de descubrir que este mundo está lleno de sentimientos buenos, nobles y generosos.

El cáncer es una enfermedad muy difícil, pero es una enfermedad que une familias, que une a mujeres de diferentes razas y religiones, edades y condiciones sociales y nos convierte en amigas identificadas en una misma lucha, en una carrera para reconquistar la vida. Mujeres que vivimos bajo la misma incertidumbre, la misma pena, el mismo dolor, la misma angustia pero, a fin de cuentas, mujeres que peleamos por salir adelante y derrotar la enfermedad porque tenemos familias que nos esperan, hijos que nos necesitan, padres que nos extrañan, amigos que nos apoyan. El cáncer es una enfermedad difícil, tanto para quienes la padecemos como para quienes nos rodean, porque la vida pende de un hilo, se nos altera de la noche a la mañana y, aunque nos aferramos a todo lo que se nos presente en el camino para defenderla, afecta nuestras relaciones, nuestras familias, nuestros trabajos, en resumidas cuentas, cambia nuestras vidas. Pero, a pesar de ser una enfermedad cruel y traicionera, es una enfermedad que saca los mejores sentimientos de quienes nos rodean. En mi caso particular, la cantidad de bendiciones que encontré en el camino y la bondad de los seres humanos me ha engrandecido como persona.

Quiero pensar que nunca más volveré a vivir algo como lo que he vivido, pero no voy a pasar mi vida preocupándome por lo que vendrá mañana. Ahora vivo el día a día porque estoy convencida de que me iré de este mundo únicamente cuando se venza mi plazo, ni un momento antes ni un momento después, y a la hora de mi partida quiero estar segura de que viví una vida plena y que mi alma se va llena de amor y engrandecida por todas las riquezas espirituales que acumulé a lo largo del trayecto.

Amo la vida y le agradezco al universo por haberme dejado vivir esta etapa difícil porque en un año de lucha aprendí más que en muchos años de gozo.